DOCUMENTS INÉDITS

sur le

FAUST

DE GOUNOD

ALBERT SOUBIES & HENRI DE CURZON

DOCUMENTS INÉDITS

sur le

FAUST

DE GOUNOD

PARIS

LIBRAIRIE FISCHBACHER

(Société anonyme)

33, rue de Seine, 33

1912

Reproduction du titre de la première édition de *Faust*.

I

FAUST en 1859

et ses 57 premières recettes.

’ATTENTION des curieux vient d’etre rappelée sur Gounod par l’annonce de la *quinze centième* représentation de son opéra de *Faust*, à Paris, et par la publication des deux gros volumes si abondamment documentés que lui ont consacrés MM. J. Prod’homme et A. Dandelot. Au cours de cet intéressant ouvrage, il est naturellement, et longuement, question de *Faust*, dont l’histoire, puisée aux bonnes sources, est traitée par nos confrères de la façon la plus attachante. Ils y font remarquer, — ce que nous avons dit maintes fois nous-mêmes — que si l’œuvre n’eut pas, l’année de son apparition sur la scène du Théâtre-Lyrique, le succès décisif qu’était en droit d’espérer celui qui l’avait montée avec tant de conviction, Carvalho ; que si, même parmi les amis, les partisans les plus enthousiastes du compositeur, aucun, sans doute, ne put alors prévoir l’extraordinaire carrière réservée à sa nouvelle partition, il n’en reste pas moins vrai que la réussite fut des plus honorables, très flatteuse même, à certains égards. Le total des recettes des 57 premières représentations, total donné par MM. Prod’homme et Dandelot, en est la preuve. C’est pour rendre leur démonstration plus saisissante, plus palpable en quelque sorte, que l’idée nous est venue de donner le tableau comparatif des recettes obtenues par *toutes* les représentations du Théâtre-Lyrique entre le 19 mars et le 31 décembre. Quelques brefs commentaires en faciliteront ensuite l’intelligence pour le lecteur.

Date		Spectacle	Recette	Recette
19 mars	(1re rep.) *Faust*		425 75	....
20	—	*Richard Cœur-de-Lion ; la Fanchonnette*	....	1.528 "
21	— (2e) *Faust.*		3.653 25	....
22	—	*Si j'étais Roi !*	....	732 50
23	— (3e) *Faust.*		4.721 25	....
24	—	*La Fée Carabosse*	....	2.651 25
25	— (4e) *Faust.*		5.146 50	....
26	—	*La Fée Carabosse*	....	2.522 "
27	—	*Richard ; la Fanchonnette.*	....	2.286 "
28	— (5e) *Faust.*		5.230 25	....
29	—	*La Fée Carabosse*	....	1.455 25
30	— (6e) *Faust.*		5.237 50	....
31	—	*La Fée Carabosse*	....	3.267 ..
1er avril	(7e) *Faust.*		5.211 25	....
2	—	*La Fée Carabosse*	....	1.811 50
3	—	*Richard ; la Fanchonnette*	....	1.756 95
4	— (8e) *Faust.*		5.205 "	....
5	—	*La Fée Carabosse*	....	1.121 "
6	—	*Richard ; le Médecin malgré lui.*	....	994 50
7	—	*La Fée Carabosse*	....	1.152 75
8	—	*Richard; le Médecin malgré lui.*	....	1.276 25
9	—	*Richard ; la Fanchonnette.*	....	953 50
10	—	*La Fée Carabosse*	....	3.899 25
11	— (9e) *Faust.*		5.217 25	....
12	—	*La Fée Carabosse*	....	1.245 "
13	— (10e) *Faust.*		5.211 50	....
14	—	*La Fée Carabosse*	....	1.084 50
15	—	Rep. ext. : fragments des *Noces de Figaro*, de *Guillaume Tell* et du *Toréador* ; *Il faut qu'une porte soit ouverte ou fermée* ; trio par Gounod sur un prélude de Bach.	....	13.407 50
16	— (11e) *Faust.*		5.137 "	....
17	—	*La Fée Carabosse*	....	2.839 50
18	— (12e) *Faust.*		4.854 50	....
19	—	*La Fée Carabosse*	....	815 75
20	— (13e) *Faust.*		4.505 25	....
21	—	*La Fée Carabosse*	....	909 25
22	—	Relâche (vendredi saint).	....	....
23	—	*Richard ; la Fanchonnette.*	....	994 "
24	—	*La Fée Carabosse*	....	1.763 75
25	— (14e) *Faust.*		5.233 75	....
26	—	*La Fée Carabosse*	....	1.455 50
27	— (15e) *Faust.*		4.828 "	....
28	—	*La Fée Carabosse*	....	904 "

Date	Spectacle		
29 avril (16e) *Faust.*		5.001 "	....
30 —	*La Fée Carabosse*	....	885 75
1er mai	*Richard ; la Fanchonnette.*	....	1.155 75
2 — (17e) *Faust.*		3.988 25	....
3 —	*Le Médecin malgré lui ; la Fanchonnette*	....	1.054 50
4 — (18e) *Faust.*		4.617 75	....
5 —	*Préciosa ; la Fanchonnette*	....	728 25
6 — (19e) *Faust.*		4.099 25	....
7 —	*Le Médecin malgré lui ; la Fanchonnette*	....	666 50
8 —	*Richard ; Si j'étais Roi !*	....	1.234 25
9 — (20e) *Faust.*		3.904 25	....
10 — (21e) *Faust.*		2.722 50	....
11 —	*Abou-Hassan* (1re rep.) ; *l'Enlèvement au sérail* (1re rep.).	....	1.332 "
12 — (22e) *Faust.*		3.903 25	....
13 —	*Abou-Hassan ; l'Enlèvement au sérail*	....	2.857 25
14 — (23e) *Faust.*		3.601 50	....
15 —	*Le Médecin malgré lui ; la Fanchonnette*	....	2.492 50
16 —	*Abou-Hassan ; l'Enlèvement au sérail*	....	3.142 "
17 — (24e) *Faust.*		4.015 75	....
18 —	*Abou-Hassan ; l'Enlèvement au sérail*	....	3.356 50
19 — (25e) *Faust.*		4.123 "	....
20 —	*Abou-Hassan ; l'Enlèvement au sérail*	....	3.909 25
21 — (26e) *Faust.*		4.054 "	....
22 —	*Le Médecin malgré lui ; la Fanchonnette*	....	711 25
23 —	*Abou-Hassan ; l'Enlèvement au sérail*	....	2.115 25
24 —	Rep. ext. au bénéfice de Mme Carvalho : *les Rendez-vous bourgeois* ; 1er acte du *Prophète*. Divers. Trio sur le prélude de Bach, par Gounod.	....	18.703 50
25 —	*Abou-Hassan ; le Médecin malgré lui*	....	520 50
26 — (27e) *Faust.*		4.115 25	....
27 —	*Abou-Hassan ; l'Enlèvement au sérail*	....	3.068 50
28 — (28e) *Faust.*		3.722 "	....
29 —	*Abou-Hassan ; l'Enlèvement au sérail*	....	1.794 25

Date	Spectacle		
3o mai	*Abou-Hassan ; l'Enlèvement au sérail*		1.452 75
31 — (29ᵉ) *Faust.*		3.oo4 75	
1ᵉʳ juin	*Abou-Hassan ; l'Enlèvement au sérail*		1.865 25
2 — (3oᵉ) *Faust.*		4.152 5o	
3 —	*Abou-Hassan ; l'Enlèvement au sérail*		1.865 "
4 — (31ᵉ) *Faust.*		3.673 25	
5 —	*Abou-Hassan ; l'Enlèvement au sérail*		775 5o
6 — (32ᵉ) *Faust.*		1.897 25	
7 —	*Richard ; l'Enlèvement au sérail*		1.259 25
8 — (33ᵉ) *Faust.*		2.528 "	
9 —	*Abou-Hassan ; l'Enlèvement au sérail*		1.235 25
10 — (34ᵉ) *Faust.*		2.9o6 75	
11 —	*Abou-Hassan ; l'Enlèvement au sérail*		1.242 "
12 —	*Richard ; la Fanchonnette*		2.o15 "
13 — (35ᵉ) *Faust.*		3.568 5o	
14 —	*Abou-Hassan ; l'Enlèvement au sérail*		1.31o "
15 — (36ᵉ) *Faust.*		2.738 5o	
16 —	*Préciosa ; l'Enlèvement au sérail*		1.122 75
17 —	*Richard ; le Médecin malgré lui.*		4o2 25
18 —	*Abou-Hassan ; l'Enlèvement au sérail*		1.545 "
19 —	*Richard ; Si j'étais Roi !*		1.692 "
20 —	*Préciosa ; la Fanchonnette.*		572 75
21 —	*Préciosa ; l'Enlèvement au sérail*		1.947 75
22 —	*Richard ; le Médecin malgré lui.*		325 5o
23 —	*Préciosa ; l'Enlèvement au sérail*		1.489 25
24 —	*Richard ; le Médecin malgré lui.*		42o 5o
25 —	*Préciosa ; l'Enlèvement au sérail ; la Voie sacrée* (1ʳᵉ audit.)		1.143 5o
26 —	*Préciosa ; Si j'étais Roi ! la Voie sacrée.*		283 "
27 —	*Richard ; le Médecin malgré lui ; l'Armée d'Italie* (1ʳᵉ audition)		157 5o
28 —	*Abou-Hassan ; l'Enlèvement au sérail ; l'Armée d'Italie*		1.o38 25
29 —	*Richard ; l'Enlèvement au sérail ; la Voie sacrée.*		229 25
3o —	*Maître Griffard ; l'Enlèvement au sérail*		1.445 5o

CLÔTURE ANNUELLE

RÉOUVERTURE

1er sept.	*Abou-Hassan ; l'Enlèvement au sérail*	2.057 25
2 —	*Préciosa ; la Fanchonnette*	865 50
3 —	*Maître Griffard ; l'Enlèvement au sérail*	1.451 75
4 —	*Préciosa ; la Perle du Brésil (reprise)*.	1.908 25
5 —	*Le Médecin malgré lui ; la Fanchonnette*	710 "
6 —	*Préciosa ; l'Enlèvement au sérail*	1.760 "
7 —	*Le Médecin malgré lui ; la Fanchonnette*	642 25
8 —	*Préciosa ; l'Enlèvement au sérail*	1.611 50
9 —	*Préciosa ; la Perle du Brésil.*	834 25
10 — (37e) *Faust.*	2.809 "	. . . .
11 —	*Préciosa ; la Perle du Brésil.*	1.380 25
12 —	*Abou-Hassan ; l'Enlèvement au sérail*	1.741 "
13 — (38e) *Faust.*	3.521 "	. . . .
14 —	*Le Médecin malgré lui ; l'Enlèvement au sérail.*	1.848 "
15 — (39e) *Faust.*	2.854 75	. . . .
16 —	*Abou-Hassan ; l'Enlèvement au sérail*	1.818 25
17 — (40e) *Faust.*	3.012 75	. . . .
18 —	*Richard ; la Fanchonnette*	2.654 50
19 —	*Le Médecin malgré lui ; l'Enlèvement au sérail.*	1.301 75
20 —	*Préciosa ; la Perle du Brésil.*	1.223 75
21 —	*Préciosa ; l'Enlèvement au sérail*	1.426 "
22 —	*Préciosa ; la Perle du Brésil.*	1.057 75
23 —	*Le Médecin malgré lui ; l'Enlèvement au sérail.*	1.935 25
24 —	*Préciosa ; la Perle du Brésil.*	829 25
25 —	*Richard Cœur-de-Lion ; l'Enlèvement au sérail.*	2.140 "
26 —	*Richard ; la Fanchonnette.*	1.120 "
27 —	*Les Noces de Figaro*	3.576 "
28 —	*Me Griffard ; Préciosa ; Richard.*	846 75
29 —	*Les Noces de Figaro.*	3.780 75
30 —	*Les Petits Violons du Roi (1re rep.)*	898 50
1er oct.	*Les Petits Violons du Roi*	816 50
2 —	*Préciosa ; la Perle du Brésil.*	2.107 50
3 —	*Les Noces de Figaro*	3.232 75
4 —	*Préciosa ; les Petits Violons du Roi*	632 50

5 oct.	Les Noces de Figaro.	2.55o "
6 —	Richard ; les Petits Violons du Roi	777 25
7 —	Les Noces de Figaro.	3.177 25
8 —	Les Noces de Figaro.	2.587 "
9 —	L'Enlèvement au sérail ; les Petits Violons du Roi.	3.772 75
10 —	Les Noces de Figaro.	3.002 "
11 —	L'Enlèvement au sérail ; les Petits Violons du Roi.	1.900 75
12 —	Si j'étais Roi !	1.035 "
13 —	L'Enlèvement au sérail ; les Petits Violons du Roi.	2.116 75
14 —	Les Noces de Figaro.	3.416 75
15 —	Les Noces de Figaro.	2.109 75
16 —	L'Enlèvement au sérail ; les Petits Violons du Roi.	3.417 5o
17 —	Les Noces de Figaro.	2.082 25
18 —	L'Enlèvement au sérail ; les Petits Violons du Roi.	1.583 "
19 —	Les Noces de Figaro.	2.772 5o
20 —	L'Enlèvement au sérail ; les Petits Violons du Roi.	1.677 75
21 —	Les Noces de Figaro.	2.249 25
22 —	Les Noces de Figaro.	2 200 25
23 —	L'Enlèvement au sérail ; les Petits Violons du Roi.	2.739 5o
24 —	Les Noces de Figaro.	2.201 "
25 —	L'Enlèvement au sérail ; les Petits Violons du Roi	1.008 25
26 —	Les Noces de Figaro.	2.33o 25
27 —	L'Enlèvement au sérail ; les Petits Violons du Roi	1.034 75
28 —	Les Noces de Figaro.	2.251 25
29 —	L'Enlèvement au sérail ; les Petits Violons du Roi	720 25
3o —	Les Noces de Figaro.	4.071 75
31 —	L'Enlèvement au sérail ; les Petits Violons du Roi	919 75
1er nov.	Les Noces de Figaro.	4.5o1 "
2 —	L'Enlèvement au sérail ; les Petits Violons du Roi	724 "
3 —	Préciosa ; les Petits Violons du Roi ; Mam'zelle Pénélope (1re rep.)	989 75
4 —	Les Noces de Figaro.	2.567 25
5 —	Préciosa ; l'Enlèvement au sérail ; Mam'zelle Pénélope.	1.048 25
6 —	Les Noces de Figaro.	3.913 5o
7 —	Préciosa ; l'Enlèvement au sérail ; Mam'zelle Pénélope.	1.007 5o

Date	Spectacle		
8 nov.	Les Noces de Figaro.		2.094 25
9 —	Préciosa ; l'Enlèvement au sérail ; Mam'zelle Pénélope.		721 50
10. —	Les Noces de Figaro.		2.072 25
11 —	Préciosa ; les Petits Violons du Roi ; Mam'zelle Pénélope.		652 75
12 —	Les Noces de Figaro.		2.004 25
13 —	Les Petits Violons du Roi ; la Fanchonnette.		2.115 50
14 —	Les Petits Violons du Roi; l'Enlèvement au sérail ; Mam'zelle Pénélope		1.122 50
15 —	(41ᵉ) Faust.	4.667 25	
16 —	Relâche.		
17 —	(42ᵉ) Faust.	3.754 25	
18 —	Orphée (1ʳᵉ rep.).		1.391 75
19 —	(43ᵉ) Faust.	3.358 75	
20 —	Les Noces de Figaro.		3.235 25
21 —	Orphée		4.002 ”
22 —	(44ᵉ) Faust.	3.225 ”	
23 —	Orphée		4.837 50
24 —	(45ᵉ) Faust.	3.470 ”	
25 —	Orphée		4.902 ”
26 —	(46ᵉ) Faust.	3.329 ”	
27 —	Les Petits Violons du Roi ; Mam'zelle Pénélope ; l'Enlèvement au sérail		3.009 25
28 —	Orphée		4.813 25
29 —	(47ᵉ) Faust.	2.667 ”	
30 —	Orphée		4.689 50
1ᵉʳ déc.	(48ᵉ) Faust.	3.112 ”	
2 —	Orphée		4.879 25
3 —	(49ᵉ) Faust.	3.846 75	
4 —	L'Enlèvement au Sérail ; la Fanchonnette.		3.066 75
5 —	Orphée		4.737 50
6 —	(50ᵉ) Faust.	2.847 75	
7 —	Orphée		4.747 75
8 —	(51ᵉ) Faust.	2.768 75	
9 —	Orphée		4.921 75
10 —	(52ᵉ) Faust.	2.842 50	
11 —	L'Enlèvement au sérail ; la Fanchonnette		3.041 75
12 —	Orphée		4.626 50
13 —	(53ᵉ) Faust.	2.770 75	
14 —	Orphée		4.168 25
15 —	Richard Cœur-de-Lion ; l'Enlèvement au sérail.		1.352 ”

Date		Spectacle	Faust	Autres
16 déc.		*Orphée*		4.587 75
17 —	(54ᵉ) *Faust*.		2.608 25	
18 —		*Mam'zelle Pénélope ; les Noces de Figaro*		2.745 "
19 —		*Orphée*		3.201 75
20 —	(55ᵉ) *Faust*.		1.865 "	
21 —		*Orphée*		3.305 25
22 —	(56ᵉ) *Faust*.		2.734 50	
23 —		*Orphée*		3 461 75
24 —		*Orphée*		1 900 25
25 —		*Mam'zelle Pénélope ; les Petits Violons du Roi ; l'Enlèvement au sérail*		1 362 25
26 —		*Orphée*		3.296 50
27 —		*Les Noces de Figaro*		2 024 50
28 —		*Orphée*		3.308 75
29 —		*Les Petits Violons du Roi ; le Médecin malgré lui*		745 75
30 —		*Orphée*		3 051 75
31 —	(57ᵉ) *Faust*.		4.905 50	

Avant d'étudier de plus près notre tableau, il convient de signaler une coïncidence qui, peut-être, n'a pas été assez remarquée : le voisinage, infiniment redoutable pour l'œuvre du « jeune » qu'était alors Gounod, de deux partitions signées de noms célèbres, la seconde surtout. L'une est *Herculanum*, l'œuvre de Félicien David, donnée à l'Opéra, juste quinze jours avant *Faust* (le 4 mars) ; l'autre, *le Pardon de Ploërmel*, de Meyerbeer, donnée à l'Opéra-Comique quinze jours après (le 4 avril). Certes, à distance, nombre de pages d'*Herculanum* paraissent un peu fanées ; mais le succès n'en fut pas moins très vif, et justifié, disons-le, par une couleur, une saveur parfois tout à fait remarquables, notamment dans la bacchanale du 3ᵉ acte, si neuve, si originale alors, et dont tant de compositeurs se sont inspirés. Quant au *Pardon*, qu'après cinquante années on vient encore de reprendre à l'Opéra-Comique, une telle œuvre devait, ne fût-ce qu'à cause du nom de l'auteur et du mérite exceptionnel des interprètes, Faure, Sainte-Foy et Mᵉˡˡᵉ Marie Cabel, exciter vivement la curiosité du public. Notons pourtant que le total de ses représentations, en cette première année, est inférieur de deux à celui qu'obtenait *Faust* (soit 55 au lieu de 57), en dépit de l'immense réclame dont la picèe n'avait pas manqué d'être l'objet.

Quant à notre tableau même, voici quelques-unes des observations qu'il suggère :

Pourquoi, tout d'abord, y constatons-nous tant d'interruptions dans la série des représentations de *Faust* ?

Théatre-Lyrique. — Première représentation de FAUST, acte V, deuxième tableau.

(Extrait de l'Illustration du 2 avril 1859).

La première, du 4 au 11 avril, était d'autant plus fâcheuse qu'elle survenait en plein maximum de recettes. Une indisposition d'artiste l'explique sans doute.

La seconde, quinze jours avant la clôture, eut une cause plus grave : la guerre d'Italie. Le spectacle n'était plus au théâtre, mais dans les plaines de la Lombardie où nous devions remporter nos dernières victoires. En vain Carvalho essayait-il de réchauffer le zèle du public par de patriotiques à-propos, tels que *l'Armée d'Italie* et *la Voie sacrée*, le public ne connaissait qu'une voie sacrée, celle que venait de tracer le sang de nos soldats, de Montebello à Magenta et de Melegnano à Solférino.

Et cependant, notons-le encore, Gounod exagère (cela lui arrive assez souvent) lorsqu'il dit que la guerre fit tomber les recettes de *Faust* à 1.800 fr. Il ne leur arriva qu'une seule fois, tout à fait par hasard, le 6 juin, de rester à 1.897 fr., entre des recettes antérieures et postérieures de 2.528, 2.906, 3.673 et même 4.152, tandis qu'en ce même moment *l'Enlèvement au sérail*, dans tout l'attrait de sa nouveauté, oscillait entre 775 et 1.259.

La troisième interruption, infiniment plus regrettable, eut pour cause l'insuffisance du ténor Guardi (de son nom français Gruyer). Il avait dû créer le rôle de Faust, comme on sait, mais un enrouement malencontreux l'y avait fait remplacer d'abord par Barbot. A la reprise de septembre, il put enfin payer de sa personne. Malheureusement, en dépit du crédit que Gounod lui avait toujours accordé et de l'enthousiasme dont son ami Bizet faisait preuve à son égard (et dont débordent ses lettres d'Italie), en dépit d'ailleurs de qualités réelles, il fut jugé trop inférieur à sa tâche, et dut y renoncer au bout de quatre soirs. Et deux mois se passèrent avant qu'on lui eût trouvé, dans la personne de Michot, un successeur qui peut compter parmi les meilleurs Faust dont on ait gardé le souvenir.

Le nom de Michot nous amène naturellement à la seconde partie de notre examen : quelles sont les œuvres qui furent jouées en même temps que *Faust* au cours de cette année 1859. La première est *la Fée Carabosse*, opéra-comique de Lockroy et Cogniard pour les paroles, de Victor Massé pour la musique, qui jouit d'une célébrité relative parce qu'on ne peut guère parler de *Faust* sans la citer. C'est précisément Michot qui la créa ; il chantait délicieusement la mélodie, fort jolie du reste, par laquelle s'ouvrait la pièce : « Rochers, bois solitaires, mystérieux vallon... ». Mais le principal rôle de femme avait d'abord été destiné à Mme Carvalho, tandis que celui de Marguerite devait être créé par Mme Ugalde. L'attribution définitive n'eut lieu qu'assez tard ; encore ne fut-elle pas du goût de tout le monde : celle qui devait rester dans les souvenirs comme « la Marguerite des Marguerites » ne fut pas sans rencontrer d'abord certains détracteurs, étonnés qu'un rôle aussi dramatique eût été confié à une chanteuse légère... Mais nous ne rappelons que pour mémoire cette histoire si connue.

2

Après *la Fée Carabosse* nous rencontrons, jusqu'à la fin de la saison, d'abord quelques pièces de répertoire : *Richard Cœur de Lion* et *Si j'étais roi !* assez faiblement interprétés, *M⁴ Griffard*, agréable lever de rideau de Léo Delibes, *Preciosa*, l'acte célèbre de Weber, qui avait été repris avec succès l'année précédente, enfin *la Fanchonnette*, chantée non plus par Mᵐᵉ Carvalho, il est vrai, mais par une chanteuse légère d'un réel talent, Mˡˡᵉ Marimon. Toutes ces œuvres, somme toute, n'étaient pas, pour *Faust*, d'une concurrence bien redoutable. Trois autres présentent ici un caractère tout différent et réclament une attention plus particulière.

Le Médecin malgré lui, d'abord, qui datait du 15 janvier 1858, et que, malgré ses faibles recettes, — il est curieux que cette œuvre, l'une des plus intéressantes de Gounod, n'ait en somme jamais « fait d'argent » comme on dit, — Carvalho maintenait sur l'affiche avec une amicale ténacité. Et, à ce propos, il n'est pas sans intérêt de rappeler un incident amusant, que MM. Prod'homme et Dandelot ont signalé sans y insister. Une reprise à la Comédie-Française du *Bourgeois gentilhomme*, avec la musique de Lulli, avait fait reconnaître à plusieurs amateurs, non sans étonnement, une ressemblance frappante entre un motif de cette musique et une page du *Médecin malgré lui*. Le compositeur semblait s'attendre à ce rapprochement et s'empressa d'éclaircir lui-même la question. Dans une lettre à M. Ludovic Lalanne, directeur de la *Correspondance littéraire*, il expliqua que, « chargé, dès 1851, pour une représentation extraordinaire à l'Opéra, de mettre en rapport avec les exigences actuelles de la scène les morceaux jadis composés par Lulli pour *le Bourgeois gentilhomme*, il avait dû combler une lacune du maître en écrivant de la musique pour l'entrée des garçons tailleurs ».

« Je composai alors, ajoutait-il, un petit morceau auquel je tâchai de donner un style qui se rapprochât autant que possible de celui de la partition. Je ne sais si j'ai réussi ; tout ce que je puis dire, c'est que mon ami H. Berlioz, qui se trouvait avec moi à l'Opéra à la première représentation du *Bourgeois gentilhomme*, et à qui j'avais confié le secret de cette intercalation, n'a pu, à l'audition, distinguer le morceau ajouté par moi à l'ancienne partition ; et l'on comprendra facilement à quel point j'ai été flatté d'avoir pu dérouter un connaisseur aussi pénétrant. C'est ce même morceau que je crus pouvoir, puisqu'il m'appartenait, reprendre et placer dans *le Médecin malgré lui*, au début de l'ouverture et dans la marche des médecins, à la fin du second acte ».

Les deux autres œuvres qu'il nous faut noter sont *Abou-Hassan*, le charmant et spirituel petit acte de Weber, joué ici pour la première fois en français, avec Mˡˡᵉ Marimon, Meillet et Wartel, et *l'Enlèvement au sérail*, une des œuvres les plus fines de Mozart, donné le même soir avec une interprétation excellente, Mmes Ulgade et Meillet, Michot, Froment et Battaille. Ce dernier, un Osmin parfait, est le légendaire « chevrier » du *Val d'Andorre*, le Peters de *l'Étoile du Nord*, le futur sous-préfet d'Ancenis, qu'il ne faut pas confondre avec un autre Bataille (par un seul *t*), le créateur, fort estimable d'ailleurs, du Lothario de *Mignon*. — Ces deux pièces eurent beaucoup de succès, et *l'Enlèvement au sérail*, où, par la suite, Delaunay-Riquier remplaça Michot quand celui-ci eut appris son rôle de Faust, ne fut pas joué moins de 57 fois en six mois. Que l'on compare cependant leurs recettes à celles de *Faust*, celles-ci restent encore et toujours supérieures.

Nous retrouvons ces mêmes œuvres sur l'affiche, à la réouverture du théâtre, avec une reprise peu marquante de *la Perle du Brésil*, de Félicien David, confiée à Mlle Marimon, et deux nouveautés, l'une en trois actes, *les Petits Violons du Roi*, de Deffès, qui ne put se soutenir, l'autre en un, *Mam'zelle Pénélope*, paysannerie de Lajarte qui reparut en 1877 à l'Opéra-Comique. Mais ce sont deux partitions d'un intérêt infiniment supérieur qui, concurremment avec *Faust*, allaient attirer le public au Théâtre-Lyrique.

Les Noces de Figaro, remontées solennellement l'année précédente, avec un immense succès, n'avaient pas été jouées depuis de longs mois et reparurent avec un merveilleux trio féminin : Mme Carvalho dans Chérubin, Mme Ugalde dans Suzanne, et Mlle Sasse, la future créatrice de *l'Africaine*, remplaçant, dans la comtesse, Mme Vandenheuvel-Duprez. Et puis surtout *Orphée*, presque inconnu alors, fut en quelque sorte révélé à la génération des dilettantes de l'époque, par l'extraordinaire incarnation qu'en fit Mme Pauline Viardot, entourée de Mlles Sasse (Eurydice), Marimon (l'Amour) et Moreau (l'Ombre heureuse). Les rares personnes qui peuvent encore se souvenir d'avoir assisté à cette éclatante résurrection en ont gardé une indicible émotion. Qui ne parlait alors des trois manières dont Mme Viardot chantait son air fameux sur le corps d'Eurydice, et comme cette artiste si vibrante et si mâle savait faire oublier que le rôle n'a jamais été écrit pour une femme !

Eh bien ! si l'on examine encore les chiffres, on constate une fois de plus que *Faust*, bien que diminué en quelque sorte entre ces deux chefs-d'œuvre, n'en réalisait pas moins les plus convenables recettes. La dernière (qui devait être non seulement la dernière de l'année mais la dernière de cette première série de représentations) fut même si brillante qu'on peut se demander à quel propos la pièce disparut aussi subitement de l'affiche.

La réponse est simple : Carvalho, toujours plein de confiance en Gounod, et avec quelle raison ! ne voulait pas laisser l'attention du public s'endormir à son sujet. Il avait monté *Faust* quatorze mois après *le Médecin* ; il voulait monter l'œuvre nouvelle qu'il tenait en réserve sans même attendre un aussi long intervalle, et frapper coup sur coup pour forcer l'admiration du public. C'était *Philémon et Baucis* (sait-on que Haydn a écrit un opéra-comique sur ce même sujet, en 1773, pour marionnettes ?). La pièce aurait même passé dès le début de février 1860 sans une suite d'indispositions. Elle parut enfin le 18, fut jouée six fois pendant ce même mois, six autres fois en mars et une encore le 3 avril. Mais, bien que jugée favorablement, elle parut maigre, trop peu intéressante pour trois actes (on sait que le second a été coupé depuis). Bref, en dépit du talent de Mᵐᵉ Carvalho, elle ne fit encaisser qu'un total de 40.909 fr. 25, soit 3.146,86 en moyenne par représentation, chiffre insuffisant pour couvrir les frais d'une mise en scène dont le luxe, au second acte, ne peut se comparer qu'à celui du cinquième de *Faust*, dont nous reproduisons ici le décor. En définitive, le pauvre Carvalho, après avoir monté tant de belles œuvres et même de chefs-d'œuvre, se trouva obligé de se retirer et de céder la place à Réty.

En sorte que Gounod, — conclusion assez inattendue peut-être, — succombait sous la triple influence : de Mozart, le maître qu'il admirait, qu'il aimait le plus et dont il s'est le plus souvent inspiré, — de Mᵐᵉ Viardot, la créatrice de son premier opéra *Sapho* et qui avait tant fait pour le « lancer » dans la carrière, — de lui-même, enfin, avec l'insuccès de *Philémon et Baucis*.

II

La version originale et inédite.

Tous les biographes de Gounod ont parlé des remaniements auxquels, spontanément ou non, il avait soumis ses œuvres les plus célèbres. Il était de l'école d'Émile Augier, son premier collaborateur théâtral, qui n'hésitait pas à supprimer, en vue d'une reprise de *Maître Guérin*, un épisode caractéristique entre tous, semblait-il, puisque cet épisode avait justifié le titre, originairement donné à la pièce de *l'Inventeur*.

Les avatars de *Faust*, comme ceux de *Sapho*, de *Mireille* ou de *Philémon et Baucis*, sont connus, les plus importants au moins. A-t-on rappelé, en effet, que, dès sa première reprise, l'année même de sa création, un chœur de sorcières, qui figure dans la première édition, devenue rarissime, de l'ouvrage, avait, au cinquième acte, été ajouté ou plutôt rétabli, pour disparaître du reste bientôt d'une façon définitive, car on le trouve, comme nous le verrons, dans le texte primitif? Mais ce que tout le monde ignorait, ou ce que l'on ne savait que très vaguement, c'était les modifications apportées à l'œuvre *avant le lever du rideau*. Une chasse heureuse nous a mis entre les mains le manuscrit original du livret, celui qui a été visé par la Censure, et reçu par Carvalho *pour être joué tel* ; or les différences sont si considérables entre ce manuscrit et la brochure imprimée ou la partition gravée (toutes deux parues en 1859), que leur relevé minutieux, avec citations, constitue, croyons-nous, l'un des éléments les plus nouveaux et les plus curieux qu'on puisse, à l'heure actuelle, apporter à l'histoire de *Faust*.

Nous rappellerons, en même temps, au cours des scènes, les états successifs par lesquels elles ont passé depuis. Celui-ci, que la censure a laissé, sauf trois ou quatre coups de crayon, parfaitement intact, est l'état *avant toute lettre*, c'est le cas de le dire.

Le cahier, à couverture grise, porte à sa première page le titre suivant :

FAUST, *drame lyrique en quatre actes.*

Carvalho a ajouté de sa main ces mots : *(et prologue),* précisant ensuite : *14 tableaux,* et terminant, suivant la formule : *A jouer au Théâtre Lyrique ; 17 novembre 1858,* CARVALHO.

Notons que le manuscrit ne comporte l'indication, ni des 14 tableaux, ni du prologue.

ACTE I. — *Le Cabinet de Faust.*

SCÈNE I

FAUST (seul).

La scène est identique au texte actuel, mais seulement jusqu'à la fin du chœur dans la coulisse, et les mots des jeunes filles et des laboureurs : « Béni soit Dieu ! » Faust poursuit alors, non plus en chantant, et son monologue s'interrompt presque aussitôt par une autre scène, surtout parlée, qui a complètement sauté. Voici, d'ailleurs, le texte du manuscrit :

FAUST.

Dieu ! c'est ce mot qui me rejette violemment dans la route incertaine de l'humanité ! Mes yeux se sont mouillés de larmes et la terre m'a reconquis !...

(Il retombe sur son fauteuil, plongé dans ses réflexions ; la porte s'ouvre doucement ; Wagner et Siebel entrent en scène).

SCÈNE II

WAGNER (à mi-voix).

Le voilà !... Il parait plongé dans de profondes méditations.

SIEBEL (de même).

Sais-tu pourquoi il nous a fait dire de passer dans son cabinet ?

WAGNER.

Je suppose que notre zèle pour l'étude et nos rapides progrès nous ont rendu l'objet de cette faveur.

SIEBEL.

Tu as le cœur de plaisanter au moment d'essuyer la bourrasque ?

WAGNER.

Oui, car ce sera la dernière.

SIEBEL.

Comment ?

WAGNER.

Il n'est rien de tel que de prendre un parti, Siebel, et j'ai pris le mien !

Faust (se retournant).

Qui vient là ?... Ah ! c'est vous...

Wagner.

Nous-mêmes, M. le Docteur. Nous étions à la taverne, honnêtement occupés à boire, quand M. le Docteur nous a fait mander, dans la soirée d'hier. L'état... philosophique dans lequel nous nous sommes trouvés en sortant de là ne nous a pas permis de nous rendre plus tôt à ses ordres.

Faust.

C'est-à-dire que vous étiez ivres.

Siebel.

Non pas moi, M. le Docteur !

Wagner (à Siebel).

Qu'importe ! si je l'étais pour deux.

Faust (se levant).

Et c'est ainsi que vous employez le temps, jeunes gens ? C'est ainsi que vous trompez les espérances de vos familles qui vous ont confiés à moi ?... Toi, Wagner, que sais-tu des sciences naturelles ?... Quelles notions as-tu de la médecine ?... Et toi, Siebel, où en es-tu de la théologie !

Wagner.

J'avoue que, pour la médecine, je n'en sais pas plus que mon oncle, qui exerce depuis 30 ans la profession de médecin. Aussi, M. le Docteur, si je tue les hommes, ce sera d'une autre façon.

Faust.

Comment ?

Wagner.

Je me fais soldat !

Faust.

Toi ?

Wagner.

Je pars aujourd'hui même avec un hardi compagnon, qui se nomme Valentin et qui a déjà fait deux campagnes ; quant à Siebel...

Faust.

Eh bien ?

Wagner.

Le pauvre garçon n'ose pas vous le dire ; mais s'il montre peu de goût pour la théologie, cela tient à ce qu'il est amoureux.

Faust.

Amoureux ?

Siebel.

Hélas, oui !... De la sœur de ce Valentin dont il vous parlait tout à l'heure.

Wagner.

Sua cuique, M. le Docteur ! C'est mon dernier mot de latin.

Faust.

Ainsi tu me quittes ?

TERZETTO

Wagner.

A l'étude, ô mon maître,
   Je fais mes adieux !
J'y reviendrai peut-être,
   Quand je serai vieux !
La bouillante jeunesse
   Entraîne nos pas
Vers la gloire et l'ivresse
   Des bruyants combats !
Sur les pages d'un livre
   Nuit et jour pàlir,
Vrai Dieu ! ce n'est pas vivre !
   C'est longtemps mourir !

Faust (à part).

Et moi, qu'ai-je fait de la vie ?
Longs espoirs ! Beaux jours envolés !
Jeunesse !... ardeur inassouvie !...
   O mes pleurs, coulez !

Siebel.

Pardonnez à ma paresse !
Je ne puis travailler et le sommeil me fuit !
   Un doux songe me poursuit !
   Vision enchanteresse,
La jeune Marguerite a jeté dans mon cœur
   Un feu brûlant et vainqueur !
   Je ne veux que sa tendresse
Et quand elle paraît, je me sens chanceler,
   Et je n'ose lui parler !

Faust (à part).

Et moi, qu'ai-je fait... (etc.).

Wagner.

A l'étude, ô mon maître... (etc.).

Siebel.

Je ne puis travailler... (etc.).

(Wagner et Siebel sortent en saluant Faust).

SCÈNE III

FAUST (seul).

L'amour !... la guerre !... tous les instincts et tous les désirs de la jeunesse !... Ah ! leurs paroles m'ont rendu plus douloureux encore le sentiment de ma solitude et de mon néant !... * Quel espoir me reste ? Pourquoi ai-je reculé devant cette mort que j'envie ? Bienheureux celui qu'elle frappe sur le champ de bataille, celui qu'elle surprend dans les bras de sa maîtresse ! * O veilles inutiles, travaux insensés, rages impuissantes, spectacle d'un bonheur qu'il ne m'est plus permis de connaître ! (Il se lève).

Maudites soyez-vous, ô voluptés humaines (etc.).

A partir de ces mots, toute la fin du tableau, — fin de la scène III et scène IV avec Méphistophélès, — est identique dans le manuscrit et dans la version actuelle. Il n'en est pas de même de la soudure, un récitatif, qui a remplacé dès le premier jour toute la scène que nous venons de reproduire. Après les mots du chœur « Béni soit Dieu ! » Faust, dans le livret imprimé, s'écrie :

Dieu !... C'en est fait ! — Mon âme hésite encore !...
La coupe tombe de ma main !...
(se levant).
Mais ce Dieu que leur voix implore
Pour moi ne peut plus rien !... et je l'appelle en vain !
(avec rage) :
Maudites soyez-vous (etc.).

On sait que le récitatif actuel est encore plus court. Mais poursuivons la lecture du manuscrit :

A la fin de ce premier tableau, une fois Faust et Méphistophélès sortis, « *la décoration change à vue : Une des portes de la ville ; à gauche, un cabaret, ouvert du côté du public* ». C'est l'Acte II de la version jouée.

SCÈNE V

WAGNER, ÉTUDIANTS, BOURGEOIS, SOLDATS, JEUNES FILLES, MATRONES.

Le texte est identique à celui de la version actuelle, sauf les passages suivants :

A la suite du chœur des bourgeois : « Aux jours de dimanche et de fête... » :

LES SOLDATS (regardant les bourgeois de travers).

Quand il fait le mauvais plaisant
Un bourgeois n'est pas amusant !

---

* Passage biffé sur le manuscrit.

LES BOURGEOIS (baissant de plus en plus la voix).

> Répondons à leur insolence
> > Par un silence
> > Méprisant.

UN MENDIANT (circulant de groupe en groupe).

> Mes beaux messieurs, mes belles dames
> Que la pitié touche vos âmes
> Et que votre folle gaîté
> Sur moi retombe en charité.

Ici les jeunes filles entrent en scène : « Voyez ces hardis compères... »,
puis les étudiants ; après la réplique des matrones, le mendiant répète une
fois encore son couplet. Notons que le personnage de ce mendiant n'a pas
été coupé tout de suite, et qu'il figure encore dans le livret imprimé.

SCÈNE VI

Après la mêlée, Wagner, Siebel et les étudiants restent seuls et plai-
santent en attendant Valentin. Cette scène parlée a été conservée et figure
sur le livret imprimé, jusqu'aux dernières répliques suivantes :

WAGNER.

... Valentin trouvera les bouteilles vides !... Si nous faisions une partie de
dés en l'attendant ?...

UN ÉTUDIANT.

Soit !

SIEBEL (à Wagner).

Prends garde de perdre ton dernier écu !

WAGNER.

Sois tranquille. Je le retrouverai dans les poches de l'ennemi ! (A son adversaire).
Commence !...

(Wagner et l'étudiant commencent une partie de dés. Les autres se groupent autour d'eux et les
regardent jouer. Valentin et Marguerite entrent en scène).

SCÈNE VII

VALENTIN.

Embrasse-moi une dernière fois, Marguerite, et séparons-nous !... indiquant le
cabaret). C'est là que mes amis m'attendent.

MARGUERITE.

Hélas ! quand reviendras-tu ?...

VALENTIN.

Bientôt !

Mme MIODAN CARVALHO

dans le rôle de Marguerite, de *Faust*, scène de la prison (5e acte)

DUO

Marguerite.

Adieu, mon bon frère !

Valentin.

Adieu, chère sœur.

Marguerite.

C'est avec terreur
Que mon pauvre cœur
Songe à cette guerre.

Valentin.

Va ! ne tremble pas !...
Tu me reverras.

Marguerite.

Malgré les prières
Des sœurs et des mères
Combien de soldats
Ne reviennent pas !

Valentin.

Mon Dieu ! c'est la chance !
Mais vois !... l'an passé,
D'un seul coup de lance
Ai-je été blessé ?

Marguerite.

Un jour on échappe
Mais le lendemain
C'est une autre main
Qui souvent vous frappe !

(Ensemble)

Marguerite.	Valentin.
Adieu, Valentin !	Pense à Valentin
Je vais ce matin	Et soir et matin
Prier ma patronne	Dis son nom, mignonne !
Pour qu'elle te donne	Que le ciel te donne
Un appui certain !	Un heureux destin !
Adieu, Valentin.	Pense à Valentin !

Marguerite.

Malgré moi, je pleure !...

Valentin.

Non, ne pleure pas !

MARGUERITE.

Tandis que tu vas
A la guerre, hélas !
Je compterai l'heure !

VALENTIN.

Mon âme, crois-moi,
Sera près de toi !

MARGUERITE.

Prends cette médaille.
Il n'est rien qui vaille
Un tel bouclier :
Tu peux t'y fier !

VALENTIN.

Donne !... pour ton frère
Tu l'as fait bénir !
Je la prends, ma chère
Comme un souvenir !

MARGUERITE.

Pendant la campagne
Garde-la sur toi.
(Elle lui attache la médaille au cou).

BALANQUÉ
créateur du rôle de *Méphistophélès*
au Théâtre-Lyrique.

FAURE
créateur du rôle de *Méphistophélès*
à l'Opéra.

Bien ! embrasse-moi ;
Que Dieu t'accompagne !

(Ensemble).

MARGUERITE.	VALENTIN.
Adieu, Valentin (etc.).	Pense à Valentin (etc.).

(Marguerite s'éloigne, Valentin la suit
des yeux).

Cette grande scène paraît n'avoir
été coupée qu'au dernier moment
On en parlait encore dans les journaux du temps. On trouva, non
sans raison, que l'idée n'était pas
heureuse de faire entrer en scène
Marguerite avant sa rencontre
légendaire avec Faust. Valentin
dut se borner à arriver du fond en
tenant une petite médaille d'argent
à la main, comme s'il venait de la
recevoir, et à dire ces mots :

O sainte médaille qui me viens de Marguerite, tu ne me quitteras plus !

qui ont été remplacés plus tard par le récitatif que l'on sait.

Wagner se lève alors pour l'accueillir ; mais les différences sont notables, nous ne savons pourquoi, entre le parlé de cette scène jusqu'à la chanson du rat et l'arrivée de Méphistophélès, et le texte du manuscrit primitif. Nous aurions déjà pu le faire remarquer, et nous nous réservons d'y revenir, mais il est certain que les librettistes avaient voulu d'abord, un peu partout, insister d'une manière spéciale sur le côté *comique* de l'histoire. Dans le livret imprimé, Wagner reproche à Valentin l'émotion avec laquelle il quitte sa sœur, Valentin réplique que celle-ci n'a plus sa mère et qu'elle est bien seule, Siebel proteste de son dévouement fraternel, toutes phrases qui ont passé dans le récitatif de la partition. Le manuscrit, à cet endroit est ainsi conçu :

SCÈNE VIII

Valentin.

Chère Marguerite !... Allons !... (il se dirige vers le cabaret).

Wagner (dans le cabaret).

Décidément, je n'ai pas de chance ! Que le diable emporte Valentin !

Valentin (sur le seuil).

Merci !

Wagner.

Ah ! te voilà ! Tu es cause que je n'ai plus un denier dans ma bourse ! (Il se lève et sort du cabaret).

Valentin.

Tu puiseras dans la mienne ! Allons, Messieurs, un dernier coup et disons-nous adieu ! Il faut que nous ayons fait ce soir notre première étape.

La suite de la scène a été conservée dans la brochure. Les différences ne reprennent qu'à partir de la chanson de Wagner, à partir de la réplique de

Méphistophélès.

Un auditeur de plus n'est pas pour intimider un chanteur de votre mérite !

Wagner.

Pardieu, Monsieur, je serais curieux de vous entendre, vous qui jugez si bien les autres.

Méphistophélès.

Très volontiers !... Vous alliez nous conter l'histoire d'un rat... Je vous conterai celle d'un scarabée.

Wagner.

Va pour le scarabée ! Nous écoutons.

Valentin (à part).

Singulier personnage.

Méphistophélès.

I

Maître scarabée ayant fait fortune
En pillant, mordant, volant et grugeant,
Se fit honorer, la chose est commune,
Non pour sa vertu, mais pour son argent.

Fût-il immonde
Il n'est au monde
Qu'un seul trésor
C'est l'or !

Il n'est qu'un diable
Impitoyable
Puissant et fort
C'est l'or !

II

Les plus grands seigneurs vinrent à ses fêtes
L'amour subjugué lui fit les doux yeux !
Il eut des flatteurs, il eut des poètes,
Il eut des cordons, il eut des aïeux !...

Fût-il immonde
(etc.).

III

Volé par ses gens, ses amis, ses belles,
Il redevint vieux, méprisable et laid,
Et maudissant l'or tombé de ses ailes,
Servit à son tour son propre valet !

Fût-il immonde
(etc.).

Wagner.

Bravo ! Qu'il en arrive autant à chaque scarabée ! Vive la probité ! Vive le vin !

Les Étudiants.

Vive le vin !

Wagner (à Méphistophélès)

Votre belle voix, Monsieur, et la pensée morale de votre chanson me réconcilient avec vous (etc.).

Nous n'avons pas besoin de rappeler que la ronde du Veau d'Or a remplacé les couplets du Scarabée dès la première version de l'opéra. Cette scène parlée se poursuit alors, avec le choral des épées, dans les mêmes termes que ceux de la brochure. De même la *Scène IX*, où Méphistophélès reste seul avec Faust, sauf un mot de celui-ci, biffé par la Censure : « Est-ce qu'on t'aurait aspergé d'eau bénite ? ». De même enfin la *Scène X*, la Kermesse, qui termine l'acte I.

ACTE II. — *Le Jardin de Marguerite* (etc.).

SCÈNE I

SIEBEL (seul).

(Il entre par la porte du fond, un bouquet fané à la main).

Ce maudit sorcier, que Dieu damne
M'a porté malheur !
Je ne puis sans qu'elle se fane
Toucher une fleur !
Ce maudit sorcier m'a porté malheur !

I

Mes doigts ont flétri ces roses
Qui tombent en s'effeuillant ;
Combien de charmantes choses
Leur disais-je en les cueillant !...
O Marguerite, peut-être
Elles auraient révélé
Cet amour qu'elle a fait naître
Et dont je n'ai pas parlé !...

Pauvres fleurs, qui de mon âme
Connaissez si bien
Les vœux secrets et la flamme
Vous ne direz rien !

II

Quand à l'aube elle s'éveille
En souriant au ciel bleu,
Vous auriez à son oreille
Murmuré ce doux aveu !
Et sans qu'elle s'effarouche,
Vous auriez pu déposer
Votre parfum sur sa bouche
Comme un amoureux baiser !

Pauvres fleurs (etc.).

(Il jette le bouquet avec dépit).

Mais j'y songe ! Dans le jardin de Marguerite les fleurs ne seront peut-être pas ensorcelées comme ailleurs ? — Essayons ! (Il cueille une rose avec précaution. La rose s'effeuille). Fanée ! (jetant la rose). Va-t-en au diable, fleur d'enfer ! — Si je trempais mes doigts dans l'eau bénite ?... Qui sait ? Le diable n'a peut-être pas prévu cela ! (Il entre dans le pavillon et trempe ses doigts dans un bénitier accroché au mur. Ressortant du pavillon) : Voyons maintenant !... (Il cueille une ou deux roses). Elles se fanent ? — Non ! Elles restent fraîches ! Victoire !... Je suis désensorcelé !.., Satan doit faire une bonne grimace ! (Il cueille des fleurs et disparaît dans les massifs du jardin).

Dans la version jouée, Siebel chante dès son entrée les couplets : « Faites-lui mes aveux », qui ont remplacé ceux qu'on vient de lire. Le récitatif ne vient qu'après, et aussi le parlé (abrégé), entre le premier et le second couplet. La scène II, entrée de Faust et de Méphistophélès et retour de Siebel avec son nouveau bouquet ; puis la scène III, après le départ de celui-ci, toutes scènes parlées, ont été conservées, du manuscrit, dans le livret imprimé. La scène IV, où Faust reste seul, a été un peu abrégée aux représentations, comme on va voir.

SCÈNE IV

Faust (seul).

Salut, demeure chaste et pure (etc.).

Après le second couplet et ce mot « ...En cet ange des cieux », il n'y a pas de reprise du premier, mais le récitatif et la strette qui suivent :

> Et toi, malheureux Faust, quelle ardeur insensée
> Conduit ici tes pas ?
> Oses-tu lire en ta pensée ?
> Ah !... ne frémis-tu pas !
>
> C'est l'enfer qui t'envoie,
> Brûlant d'un sombre amour,
> Empoisonner la joie
> De ce calme séjour !
> Furieux et rapide
> L'impétueux torrent
> Se mêle au flot limpide
> Qui coule en murmurant !
> Elle enfermait sa vie
> En ce petit jardin
> Sans désir, sans envie,
> Sans regret !... et soudain

Tu paraîs, tu l'attires
Dans ton piège vainqueur ?
O monstre, tu déchires,
Les fibres de son cœur !
De ta pâle victoire
Tu savoures l'effroi,
Et l'implacable abîme
La dévore avec toi !

Mais les scènes suivantes : V — retour de Méphistophélès avec les bijoux (scène parlée), — VI — Marguerite seule, — VII — entrée de Dame Marthe (scène parlée), — VIII — arrivée de Faust et Méphistophélès (scène parlée puis quatuor) sont, dans le manuscrit, semblables à la version imprimée. La fin seule est plus développée. Après le quatuor proprement dit, les deux couples échangent encore les propos suivants :

MARTHE.

N'avez-vous donc rien désiré ?
N'avez-vous jamais supplié ?

MÉPHISTOPHÉLÈS.

Le proverbe dit : Cœur de femme
Et maison à soi valent mieux,
Qu'argent et bijoux précieux.

MARTHE.

J'entends : quelques désirs de l'âme
Quelque velléité.....

MÉPHISTOPHÉLÈS.

Comment ?.....
On me reçoit très poliment
Partout où je vais !

MARTHE.

Je veux dire :
Un sérieux attachement ?

MÉPHISTOPHÉLÈS.

Je vois qu'il ne faut jamais rire avec les femmes.

MARTHE.

Franchement,
Ne parlé-je pas clairement,
Ou manquez-vous d'intelligence ?

MÉPHISTOPHÉLÈS.

Ah ! Madame, que d'indulgence !

(Ils s'éloignent, Faust et Marguerite reparaissent).

MARGUERITE.

Vous vous abaissez jusqu'à moi,
Pour me rendre confuse,
Et mon ignorance est, je crois,
Tout ce qui vous amuse !

FAUST.

Ne crains en moi rien de moqueur,
Et sois sans défiance !
Ton âme en dit plus à mon cœur
Que toute la science !

(Méphistophélès et Marthe redescendent en scène).

Après quoi le quatuor reprend et la scène se termine comme dans la partition.

A la scène IX, Méphistophélès s'esquive et se cache. Dame Marthe gémit, puis se heurte à Siebel qui est revenu ; quiproquos, propos aigres-doux. Tandis qu'ils sortent, Méphistophélès évoque les fleurs du jardin qui « se transforme en un bouquet de roses et de lilas éclairé par les rayons de la lune ». Tout ceci est resté dans le livret imprimé. De même pour la scène X, lorsque Faust et Marguerite reparaissent, c'est à dire le final de l'acte. Seul a disparu le dialogue suivant qui, dans le manuscrit précède ce final chanté :

FAUST.

Ainsi, tu m'as reconnu, cher ange, quand je suis entré dans le jardin ?

MARGUERITE.

N'avez-vous pas vu que je rougissais ?

FAUST.

Et tu me pardonnes mon audace de ce matin ?

MARGUERITE.

Je craignais que vous n'eussiez trouvé dans mon air quelque chose de hardi, et je m'en voulais du fond du cœur de ne pouvoir vous en vouloir davantage.

FAUST.

Douce créature !...

MARGUERITE (regardant autour d'elle avec surprise).

Mais où sommes-nous ? — Que de fleurs nouvelles se sont épanouies à la fois !... Quels doux parfums s'exhalent dans l'air autour de nous ! Je respire à peine !... (Se retournant vers Faust). Savez-vous ce qu'est devenue Dame Marthe ?

FAUST.

Elle cause avec mon ami, sans doute, et se promène sous les arbres... Que nous importe ?

MARGUERITE.

Il se fait tard..... adieu !

FAUST.

Eh ! quoi ? Ne pourrais-je passer librement une heure auprès de toi ? — O Marguerite !... Ne me ravis pas si tôt mon bonheur !... Laisse ma main s'oublier dans la tienne !...

Je veux contempler ton visage (etc.).

Je veux contempler est bien la version primitive, dans la brochure aussi et la partition. Ce n'est que plus tard que Gounod a écrit *Laisse-moi*...

ACTE III. — *Un carrefour ; à droite, l'église ; à gauche, la maison de Marguerite ; près du seuil, un banc de pierre devant lequel est placé un rouet. Au milieu du théâtre, une fontaine.*

SCÈNE I

LISE, JEUNES FILLES, PUIS MARGUERITE.

CHŒUR DE JEUNES FILLES.

(Elles entrent en chantant, la cruche sur l'épaule, et se dirigent vers la fontaine).

Source au doux murmure
Transparent miroir
Dans ton onde pure
Nous venons nous voir !

CHŒUR DIALOGUÉ.

— Quelle nouvelle ?
— Que savez-vous ?
— Vite, la belle
Instruisez-nous !
— Je vous vois rire
En tapinois
Il faut tout dire
A haute voix !
— Tout ce mystère
N'est bon à rien !
— Eh ! bien, ma chère ?
— Eh bien ?... Eh bien ?

LISE (montrant la maison de Marguerite).

Eh ! bien, voulez-vous qu'on vous dise
La fin de certain roman ?

LE CHŒUR.

Contez-nous cette histoire, Lise,
Voyons la fin du roman.

LISE.

Sans daigner prendre congé d'elle
L'amoureux est parti !

LE CHŒUR.

Vraiment ?

LISE.

Avec son compagnon fidèle,
Pour tout souvenir, lui laissant
Le pauvre petit innocent !...

LISE.

Et maintenant (la foule est si méchante).
A ce propos, savez-vous ce qu'on chante ?

LE CHŒUR.

Vraiment non !
Dites-nous vite la chanson !

LISE.

I

Chacune de nous a connu
Une fille à l'air ingénu
Au doux regard, au frais visage,
Qui passait pour honnête et sage,
Et dont nul amoureux n'osait suivre les pas !
Ah ! ah ! ah ! ah !

LISE.

II

Si nul n'osait suivre ses pas,
Maint galant soupirait tout bas
Or, il advint qu'un jour, la belle,
Fit rencontre, près de chez elle
D'un jeune et beau seigneur, vêtu de soie et d'or...
Ah ! ah ! ah ! ah !

LE CHŒUR.

Ah ! ah ! ah ! ah !

LISE.

III

Ce beau séducteur vêtu d'or
La charma, dit-on, dès l'abord ;
Mais les pleurs sont voisins du rire...
Car, un beau matin, sans rien dire,
Le galant étranger s'enfuit... et court encor !
   Ah ! ah ! ah ! ah !

LE CHŒUR.

   Ah ! ah ! ah ! ah !

LISE.

Tenez voici son rouet !... chaque jour à sa porte
Elle attend l'ingrat, qui ne revient pas !...
Chut !... Ecoutez !... J'entends son pas...
  Pour qu'elle sorte
  Parlons plus bas !...

LE CHŒUR.

  Pour qu'elle sorte
  Parlons plus bas !

(Elles reprennent leurs cruches et se cachent).

MARGUERITE (sortant de sa maison et regardant autour d'elle)

Elles ne sont plus là !.... Je riais avec elles
Autrefois !... Maintenant...

LISE (dans le fond du théâtre).

... S'enfuit et court encor !
   Ah ! ah ! ah ! ah !

LE CHŒUR.

Ah ! ah ! ah ! ah ! (Les jeunes filles s'éloignent en riant).

Nous sommes ici, comme on voit, en présence de l'une des plus fortes coupures de la version représentée (acte IV). Dès la première soirée, Marguerite est apparue au lever du rideau, n'entendant que les derniers mots, — pour nous incompréhensibles —, de la cruelle raillerie de ses compagnes. Mais ceci tient à un changement radical dans la mise en scène de cet acte III (devenu le IV). Au lieu que tout s'y passe sur la place, entre la maison de Marguerite et l'église, un premier tableau nous mène dans la chambre de la jeune fille, et le second seulement nous ouvre la rue.

Revenons au manuscrit. Restée seule, Marguerite s'assied à son rouet, devant sa porte, et chante en filant. C'est la scène II, dont le texte a été conservé, bien que peu de chanteuses le chantent encore à l'Opéra. Suit, comme scène III, l'entrée de Siebel, son dialogue parlé, conservé dans la première version et le livret, et les couplets, « Versez vos chagrins dans mon âme ! » que l'on coupa au dernier moment et que l'on trouve d'ailleurs dans les recueils de mélodies de Gounod.

Ici commencent, toujours pour des raisons de tableaux et d'effets scéniques, les différences les plus essentielles à noter entre les trois états de cet acte : le manuscrit original, la première version jouée, et la version actuelle.

A la fin de cette scène III, Marguerite entre dans l'église, qui est en face d'elle sur la place ; Marthe, presque aussitôt, vient annoncer à Siebel le retour de Valentin, — c'est la scène IV conservée comme scène III dans le livret imprimé — ; enfin la scène V est l'arrivée des soldats, Valentin en tête (scène I du second tableau, aux représentations du Théâtre Lyrique).

Et tout de suite se présente une modification importante. Le grand ensemble : « Gloire immortelle de nos aïeux », n'est pas dans le manuscrit, qui comporte en revanche, après la reprise du chœur sur ces mots : « Oui, c'est plaisir dans les familles », les couplets suivants de

VALENTIN.

I

Chaque jour, nouvelle affaire !
Les clairons, de leur voix claire
Nous appellent à l'assaut !
Au bruit de cette fanfare,
A la mort on se prépare !...
Chacun invoque tout haut
Un nom que l'écho repète
Et moi, marchant à leur tête,
Je leur dis :
Mes amis
En savez-vous une
Blonde ou brune
Dans tout le pays
Une !... qui mérite
Comme Marguerite
D'enflammer le cœur d'un hardi soldat
Marchant au combat ?

LE CHŒUR.

Marchant au combat ?

VALENTIN.

II

La bataille terminée
Vers la fin de la journée
Quand on a compté les morts
Pour bien fêter la victoire
Il faut chanter, il faut boire !
Chacun se souvient alors
De la belle qu'il préfère
Et moi, leur tendant mon verre,
    Je leur dis
        (etc.).
D'attendrir le cœur d'un vaillant soldat
    Après le combat ?

LE CHŒUR.

Après le combat ?

VALENTIN.

A présent que la paix est faite
    Nous allons revoir
Nos amis !...

LE CHŒUR.

Quelle fête !
Et comme on va nous recevoir !
    Déposons les armes, etc. (Reprise du premier chœur).

La scène VI du manuscrit (scène II du second tableau de la version jouée) montre Siebel cherchant en vain à empêcher Valentin d'entrer dans la maison de Marguerite : le texte, parlé, en a été conservé dans le livret. Mais alors, tandis que Valentin disparaît, c'est la scène de l'église qui se présente, scène VII : « *Le mur de l'église s'ouvre : Marguerite est age-nouillée près d'un pilier* ». Méphistophélès se montre sur la place pour dire sa première phrase : « Non ! tu ne prieras pas ! », puis, après les appels des démons, transparaît dans le pilier, se penchant à l'oreille de Marguerite. Toute cette scène a gardé un texte identique dans les deux versions, sauf quatre vers coupés dans le couplet de Méphistophélès, après celui « Et Dieu tout à la fois ! »

C'en est fait ! les élus ont détourné leur face
    De ton sombre chemin.
Le ciel t'a condamnée, et le juste qui passe
    Ne te tend plus la main !

Après le dernier « Dans l'éternelle nuit » le pilier se referme et Méphistophélès ne paraît plus.

A la fin de la scène, *Marguerite pousse un cri et tombe évanouie sur les dalles. On s'empresse autour d'elle. Siebel paraît dans l'église. Le mur se referme.*

On sait qu'aujourd'hui, c'est à dire depuis l'entrée de *Faust* à l'Opéra, la scène de l'église suit immédiatement celle du rouet. Marguerite sort de sa chambre et le tableau suivant nous la montre dans l'église. Il n'en était pas ainsi, nous le rappelons, à la première représentation et aux suivantes. Carvalho escomptait le grand effet de *transparence* de l'église et le pathétique de l'angoisse de Marguerite pour terminer l'acte, d'une façon plus saisissante. En sorte que Valentin, à peine entré chez sa sœur, en ressortait pour tenir tête à Faust et à Méphistophélès..., et se faire tuer par eux. Ce n'est donc qu'après sa mort que Marguerite apparaissait dans l'église. Quand on a replacé cette mort à la fin de l'acte, on n'a fait, nous allons le voir (et sauf l'interruption de la scène entre l'arrivée de Valentin et de Faust, si naturelle et si facile du moment que le tableau ne changeait pas), que reprendre la version originale, celle du manuscrit primitivement modifié.

Donc ici, après que le mur de l'église s'est refermé, Faust et Méphistophélès entrent sur la place. C'est la scène VII, qui a été conservée dans le livret imprimé, à part ces quelques répliques :

MÉPHISTOPHÉLÈS.

Que vous importent les larmes d'une petite fille ?

FAUST.

Elles me font souffrir tous les tourments de l'enfer.

MÉPHISTOPHÉLÈS.

Pourquoi l'avez-vous quittée ?

FAUST.

Parce que je voulais l'arracher à ton infernale puissance ?... Parce que j'avais horreur de toi et de moi !... parce que l'amour de cette âme fidèle et sincère était un reproche éternel qui me déchirait le cœur.

MÉPHISTOPHÉLÈS.

Vous prétendez voler et vous avez le vertige !

FAUST.

Trève de raillerie ! Si quelqu'un doit souffrir, ce n'est pas elle, c'est moi !... Aussi bien, m'est-il encore moins cruel de soutenir son regard que de vivre sans la voir !

MÉPHISTOPHÉLÈS.

Avouez qu'il vous tarde de goûter les douçeurs de la paternité !

FAUST.

Dieu tout puissant ! Comment ta main a-t-elle créé ce grossier mélange de boue et de feu ?

MÉPHISTOPHÉLÈS.

Et qui donc a perdu la jeune fille, s'il vous plaît ? Vous ou moi ?...

FAUST.

Assez !

MÉPHISTOPHÉLÈS.

Entrons dans la maison ! (etc.).

La chanson de Méphistophélès, puis la sortie de Valentin et le trio (scène IX), enfin la mort de Valentin (scène X) sont identiques dans l'imprimé et dans le manuscrit, où l'acte finit là.

L'acte IV (acte V de la version représentée) a été très modifié également, soit avant soit même après la première représentation, où il ne fit qu'un effet médiocre. Nous parlons surtout du premier tableau : la Nuit de Walpurgis. Le chœur des sorcières, supprimé tout d'abord, fut rétabli comme nous l'avons dit plus haut (dans la partition pour piano seul il existe encore à la fin du tableau), puis définitivement enlevé. Des raisons de mise en scène ont motivé d'autres coupures. Comme on va voir, le manuscrit indiquait des décors et des jeux de scène bien plus romantiques.

ACTE IV. — *La Nuit de Walpurgis. Les Montagnes du Harz.*

SCÈNE I

Méphistophélès et Faust traversent l'espace sur des cavales noires :

MÉPHISTOPHÉLÈS.

En avant ! en avant !
Chevauchons dans la nuit sur les ailes du vent !
En avant ! en avant !
(Ils passent).

CHŒUR DES FEUX FOLLETS.

Dans les bruyères..., etc. (comme dans le livret).

CHŒUR DES SORCIÈRES.

(traversant l'air sur des balais).

Uhu ! Mesdames les sorcières,
De l'éperon à vos balais !

> Les goules ont fui leurs tannières
> Urian trône en son palais !...
> Uhu ! Mesdames les sorcières,
> De l'éperon à vos balais !

(Faust et Méphistophélès reparaissent sur une cîme élevée).

FAUST.

Arrête ! (etc.).

La scène continue comme dans l'imprimé. Mais après la fin du couplet de quatorze vers de Méphistophélès et l'écho lointain « Voici la Nuit de Walpurgis ! » elle poursuit ainsi :

(Faust et Méphistophélès descendent de rocher en rocher. On voit ramper de tous côtés les monstres les plus hideux et les plus difformes. L'air est plein de chants sinistres et de clameurs étranges. Les sorcières apportent une chaudière pleine d'un liquide flamboyant. Les unes agitent le breuvage infernal avec de longues cuillères de fer, les autres dansent autour de la chaudière).

LES SORCIÈRES (en chœur).

> Un, deux et trois
> Comptons jusqu'à treize !
> Les gueux sont rois !
> Attisons la braise !
>
> Que le feu
> Rouge ou bleu
> Echauffe la chaudière,
> Le venin
> Est un vin
> Qui plaît à la sorcière !
>
> Un, deux et trois (etc.).

MÉPHISTOPHÉLÈS (entrant avec Faust dans le cercle des sorcières).

Holà ! permettez-vous qu'on se mêle à vos jeux ?

LES SORCIÈRES (agitant leurs cuillères de fer et aspergeant de flammes Méphistophélès et Faust).

Arrière ! Aspergeons-les et ruons-nous sur eux !

MÉPHISTOPHÉLÈS.

A bas la chaudière !

(Il renverse la chaudière d'un coup de pied et saisit une sorcière à la nuque).

> Vieille sorcière
> Reconnais-moi :
> Je suis ton roi !

LES SORCIÈRES.

Sauve qui peut ! C'est notre maître !

MÉPHISTOPHÉLÈS (secouant son manteau).

Il était temps, ma foi, de nous faire connaître !

Les sorcières.

C'est notre maître !

(Elles disparaissent parmi les rochers).

Méphistophélès (à Faust).

Suis-moi, docteur, donne ta main :
Je vais te montrer le chemin.

Faust.

Non, non, laisse-moi, maître fourbe !
Sortons enfin de cette tourbe...
Chasse au loin ces démons hideux
Ou bien passons au milieu d'eux.

Méphistophélès.

Attends ! je n'ai qu'un signe à faire
Pour qu'ici tout change et s'éclaire !
Jusqu'aux premiers feux du matin,
A l'abri des regards profanes,
Je t'offre une place au festin
Des reines et des courtisanes.

(La montagne s'entr'ouvre et laisse voir une profonde caverne, resplendissante d'or, au milieu de laquelle se dresse une table, richement servie et entourée de reines et de courtisanes de l'antiquité).

Ici le texte est le même qu'aujourd'hui, sauf les quelques lignes que voici :

C'est lorsque Faust saisit la coupe, et après ses trois vers : « Vains remords ! risible folie ! (etc.) » que « *l'image de Marguerite se lève devant lui* ». Il ne chante aucun couplet bachique, et, loin de disparaître, les reines et les courtisanes cherchent à le retenir de leurs séductions. Une fois l'image dissipée « parmi les rochers », voici la fin de tout ce tableau. (On sait d'autre part que le ballet intercalé ici date de la mise en scène de l'Opéra en 1869).

Faust (les repoussant).

Non !... Marguerite... un danger la menace !
Je sens se dresser mes cheveux !
Mon cœur frémit, mon sang se glace !
Je veux la voir !... Viens ! je le veux !

(Il s'élance au milieu des rochers. Méphistophélès le suit. La montagne se referme. Les silhouettes des sorcières se dessinent sur un ciel en feu).

Chœur des sorcières.

Uhu ! mesdames les sorcières,
        etc., (comme plus haut).
                    (La décoration change à vue)

SCENE II. — *Intérieur de prison.*

Marguerite (seule, sur son grabat).

Ma mère, la bohémienne
M'a tuée au détour du bois !...
Mon père, que l'enfer retienne,
En riant m'a brisé les doigts !
Ma sœur me prit sur son épaule,
Et puis là-bas... bien loin,... bien loin...
Cacha mes os sous un vieux saule,
      Dans un coin !
Ah ! ah ! ah ! ah !... au bout d'un mois
Mon cœur devint oiseau des bois !
    Vole, mon cœur..., vole !
    Si quelqu'un, tout bas,
    Vous dit : Elle est folle !
    Ne le croyez pas.
    Vole, mon cœur !... vole !

                    (Elle se lève)

    Chut, chut ! j'entends marcher...
    Ils viennent me chercher !
Que me veux-tu, bourreau ?... L'heure n'est pas venue !
Demain, au point du jour... n'est-ce pas assez tôt ?
    Baisse ta hache nue,
    Écarte ce billot !
Vois, je suis jeune encore... et lorsqu'il m'a connue,
J'étais bien belle aussi !... bien belle !... Cependant,
Il est parti !... Chacun pleure en me regardant...
Et toi, je te vois rire... et ton bras me menace !...
J'ai bercé jusqu'au jour mon enfant sur mon cœur...
Ils voulaient me le prendre... et je l'ai tué ! — Grâce !...
Pourquoi me saisis-tu par les cheveux ?... J'ai peur !...
L'enfer s'ouvre... Je vois l'archange armé du glaive,
Qui vient pour me frapper !... Mais non !... non !... C'est un rêve !

               (Elle retombe sur son grabat).
    Si quelqu'un tout bas
    Viens dire : elle est folle !
    Ne le croyez pas !
    Vole, mon cœur, vole !

(Ses yeux se ferment. Elle s'endort, le sourire aux lèvres. La porte s'ouvre. Faust paraît sur le seuil avec Méphistophélès Il porte une lampe à la main).

SCÈNE III

MÉPHISTOPHÉLÈS (donnant un trousseau de clefs à Faust).

Le geôlier est endormi ! voici les clés... je ne puis rien de plus !... Il faut que ce soit ta main d'homme qui la délivre.

FAUST.

C'est bien !... Veille au dehors.

MÉPHISTOPHÉLÈS.

Les chevaux sont prêts. Hâte-toi !

SCÈNE IV

FAUST (posant sa lampe sur un escabeau).

Je suis pénétré d'épouvante !... pénétré des sentiments de toutes les misères humaines !... Elle a tué son enfant dans un accès de délire, et la voilà jetée, comme une criminelle, dans un horrible cachot !... D'affreux supplices l'attendent... elle... l'innocente et douce créature !... Et tu me cachais sa détresse, esprit du mal !... Tu la laissais périr sans secours !... O Dieu ! dans quel abîme de maux l'ai-je précipitée avec moi !... Je tremble d'aller avec elle !... j'ai peur de la revoir !... Marguerite !... Marguerite !...

MARGUERITE (s'éveillant).

Ah ! c'est la voix du bien-aimé (etc.).

Le duo, le trio et le chœur final sont demeurés tels quels, sauf les quelques passages suivants :

Après le premier ensemble : « Oui c'est moi, je t'aime ! » Marguerite chante encore ce couplet :

> Où sont les tortures,
> Les pleurs, les injures,
> La honte, l'effroi ?...
> Tout a disparu !... te voilà !... c'est toi !

Puis l'ensemble reprend. — Après les souvenirs qu'elle évoque de la première rencontre, le passage « Et voici le jardin charmant » (qui ne figure pas dans le livret imprimé), est ici plus long de ces quatre vers :

> Où les rossignols amoureux
> Mêlaient parfois
> Leur douce voix
> Aux soupirs de nos cœurs heureux !

Et la scène continue ainsi :

FAUST.

Oui… mon cœur se souvient !… Mais suis-moi ! .. l'heure passe !…

MARGUERITE.

Pourquoi détournes-tu les yeux ?
Embrassez-moi, Seigneur ! ou bien je vous embrasse !…
Oh ! Dieu !… ta lèvre est froide et ton baiser de glace !…

FAUST.

Viens ! viens ! quittons ces lieux !
Hâtons-nous le temps presse !
L'aube blanchit les cieux
Et l'échafaud se dresse !
Voici l'horrible instant :
Tu peux encor me suivre !
Fuis la mort qui t'attend !…
Marguerite, il faut vivre !…
O nuit d'épouvante !

MARGUERITE.

Regarde ce flot noir !…
C'est la foule qui vient me voir !..,
La foule mouvante !…

FAUST.

Tais-toi ! je ne veux pas
Que l'arrêt s'accomplisse !
Je t'emporterai dans mes bras
Pour t'arracher au supplice !

ENSEMBLE.

FAUST.	MARGUERITE.
Viens ! Viens ! quittons ces lieux !	Va ! fuis loin de ces lieux
(etc.).	(etc.).
	Je ne veux pas te suivre
	Adieu ! la mort m'attend
	Fuis !… toi seul tu dois vivre !…

FAUST (voulant entraîner Marguerite).

Viens !

MARGUERITE.

Non !

SCÈNE V

MÉPHISTOPHÉLÈS (paraissant sur le seuil).

Alerte ! alerte ! ou vous êtes perdus.
(etc.).

Cette dernière scène, on le voit, est encore assez différente de la version définitive pour qu'on y prête attention. Tout le monologue de Marguerite a été radicalement coupé, et bien que nous ne sachions pas ce que Gounod en a fait, — saurons-nous jamais ce qu'est devenue la musique de tout ce que nous avons cité ici comme texte lyrique ? — nous pouvons bien supposer que c'est là la page la plus importante parmi toutes celles qui ont été sacrifiées.

La plus regrettable peut être aussi. L'auteur de *Mefistofele*, qui a profité justement ici de l'absence de toute concurrence, a écrit pour cette scène d'angoisse et de folie de Marguerite une des pages les plus célèbres de sa partition. Qui sait ce que Gounod en aurait pu faire ? Mais cette coupure n'est pas la seule à laquelle peuvent s'attacher quelques regrets. Bien qu'en général on ne puisse nier que l'on ait vu juste en allégeant l'œuvre, parlée ou chantée, de dialogues ou d'ensembles comme la scène de Wagner et Siebel venant, si hors de propos, interrompre la méditation de leur maître, et le trio qui la termine ; comme celle de Valentin et de Marguerite ; comme les inutiles développements du monologue de Faust et du quatuor du jardin, ou même ceux de la scène de la prison, on serait en droit de trouver fâcheuse, si, bien entendu, la musique méritait d'être conservée, la suppression de la scène de la fontaine ; elle eût apporté à cette partie de l'œuvre une note pittoresque qui ne lui eût pas été inutile ; elle eût accentué la simplicité des manières et de costume que doit avoir Marguerite. Nous aurions enfin volontiers gardé, avec une mise en scène appropriée, le caractère romantique de la Nuit de Walpurgis. Certains détails de cette première version du poème de Barbier et Carré contribuaient ainsi à donner à l'action un cachet qui souvent lui manque un peu trop.

Ce n'est pas, toutefois qu'elle fût sensiblement plus proche de l'original de Goethe. Cette tendance à pousser l'action vers le comique n'est justifiée que par de très rares passages du *Faust* allemand : les buveurs de la cave d'Auerbach et les plaisanteries de Méphistophélès avec les sorcières. Wagner, dans ce *Faust*-là, est un grave personnage, et qui ne paraît que comme compagnon de Faust, au début. La scène de la fontaine se réduit à la rencontre de Marguerite avec la seule Lisette, et ce n'est pas d'elle qu'on jase. La chanson du Scarabée n'est nullement empruntée à Goethe, et l'on ne voit guère pourquoi ce coléoptère a remplacé l'insecte de la chanson originale, si ce n'est que la traduction de celle-ci a toujours été difficile, le mot *puce* étant masculin en allemand ; l'une des meilleures parmi nos versions françaises traduit par « fils de puce » faute de mieux, ce qui n'est vraiment pas heureux ! Il va sans dire que les couplets de Valentin, au retour de la guerre, n'appartiennent pas davantage au *Faust* allemand. Dans l'un comme dans l'autre cas, on a bien fait de les couper, et pour différents qu'ils soient, la ronde du Veau d'Or et le grand ensemble des soldats sont mieux à leur place.

En revanche, c'était un des traits du poème de Goethe que le passage du mendiant à travers la kermesse: il y *chante* même sa complainte misérable. C'en est un autre, et bien plus caractéristique (bien que très court et hors de notre vue), que la chanson de Marguerite dans sa prison. De même les jeux de scène du premier tableau de la Nuit de Walpurgis (et non ceux du second). D'autre part, on fut plus conforme à l'original en plaçant la scène de l'église *après* la mort de Valentin.

Mais nous n'avons pas à entrer ici dans le détail des ressemblances ou des différences qui rapprochent ou séparent le libretto lyrique de son admirable modèle ; ce travail facile a été fait depuis longtemps, et tout notre souci devait se borner à mettre en lumière la première façon dont les librettistes avaient conçu en vue de la musique l'arrangement du drame de Goethe, et à examiner si les modifications qu'il a dû subir ont été, ou non, à son avantage. Il n'était peut-être pas sans intérêt, nous le répétons, surtout à propos d'une œuvre aussi connue, d'assister ainsi à ce travail de scène, à cette « cuisine » de coulisses, souvent si pleins d'imprévu, toujours si incertains dans leurs conséquences.

III

FAUST au Théâtre-Lyrique du Châtelet
et à la Renaissance.

LISTE GÉNÉRALE DES INTERPRÈTES

Nous croyons devoir répéter ici ce que nous disions au début de cette étude : nous ne faisons pas œuvre de critique ; encore moins voulons-nous refaire ce qui a été fait et bien fait par les biographes de Gounod. Compléter leur œuvre à l'aide de documents inédits, éclairer dans la mesure du possible certains points obscurs, — car, sur des faits relativement si rapprochés, cependant, il est parfois bien difficile de faire la lumière, — telle est notre modeste ambition.

C'est ainsi qu'après avoir raconté la première année d'existence de *Faust*, nous laisserons de côté, comme trop connue, l'odyssée triomphale à travers l'Europe de Gounod et de son éditeur Choudens, ce dernier également désireux, suivant la plaisante expression du musicien, « de faire fortune avec *Faust* et de faire la fortune de *Faust* ». Chacun sait que la première ville où l'œuvre fut représentée après Paris est Strasbourg, la première en même temps qui la fit entendre sous la forme d'un grand opéra. Puis est venu Rouen, où, détail assez amusant, on rappela sur la scène, à la fin de la première représentation, non seulement Gounod, mais le directeur du Théâtre municipal, Halanzier, celui-là même qui plus tard devait monter *Polyeucte* à Paris. Que d'ailleurs en Allemagne, le titre de *Margarethe* ait été donné à *Faust*, à Dresde d'abord, le 31 août 1861, ou déjà à Darmstadt, le 10 février de la même année, comme nous le certifie M. Pavan, un érudit italien très exactement renseigné d'habitude, la chose n'a qu'une importance secondaire. Ce qui en a davantage, car ce détail montre encore combien les 57 premières représentations de *Faust* ont été plus brillantes que l'on ne s'est plu à le dire, c'est un aperçu des recettes réalisées au Théâtre-Lyrique après le remplacement de Carvalho par Réty.

A part *Gil Blas*, de Semet, dont une jolie sérénade, brillamment enlevée par Mme Ugalde, fit l'éphémère fortune, et qui d'ailleurs n'atteignit en trois ans que 61 représentations, sans réaliser jamais le chiffre de 4.000 fr. de recettes ; à part *la Chatte Merveilleuse*, de Grisar, dont Melle Cabel fit la réussite à peine plus durable ; si nous parlons de l'œuvre sans conteste la plus importante, la plus significative, de cette période, au Théâtre-Lyrique, *la Statue*, que voyons-nous ? Que la pièce de Reyer ne réalisa, en 53 représentations, que 90.372 fr. 45, soit une moyenne de 1.705 fr. 14 par soirée. *La Statue*, rappelons-le en passant, avait été reçue par Carvalho en même temps que *Balkis*, la future *Reine de Saba*, qui, par suite de son départ, ne devait voir la rampe qu'en 1862, et à l'Opéra.

Lorsque Carvalho rentra au Théâtre-Lyrique, alors transféré au Châtelet, en septembre 1862, presque à l'improviste, — il était, au même moment, candidat à l'Opéra-Comique, pour la succession d'Émile Perrin, succession qui devait finalement échoir à Adolphe de Leuven, — il y ramena aussitôt *Faust*, tout brillant de l'auréole des succès étrangers, et monté comme à l'origine, sauf en ce qui concerne le rôle de Faust, tenu alors par Monjauze, bon comédien, chanteur à la voix cuivrée et mordante, mais un peu sèche pour les scènes d'amour du troisième acte ; et sauf aussi un changement important, éphémère d'ailleurs, dans la mise en scène de l'église, le dernier qui devait se produire tant que *Faust* resterait au Théâtre-Lyrique.

A propos de ces modifications au texte original que nous avons eu la bonne chance de pouvoir faire connaître au lecteur, on a pu se demander, et nous nous sommes demandé nous-mêmes, à qui en incombe la responsabilité. Si nous en croyons M. Massenet, lequel assistait aux répétitions devant un modeste pupitre de timbalier, elles faisaient pleurer le compositeur. Nous n'ignorons point, par exemple, que le second air de Siebel « Versez vos chagrins dans mon âme », fut coupé sur le désir de Mme Carvalho ; mais le directeur eut sans doute aussi une grande part dans ces décisions de la dernière heure. On sait que, doué du reste d'un coup d'œil généralement très juste, il a toujours eu le goût décidé, — ou la manie, — au cours des répétitions d'une œuvre nouvelle, de demander des changements à l'auteur ; et l'on devine, — M. Massenet, que nous venons précisément de citer, voulait bien nous le rappeler dernièrement, — sa stupéfaction lorsque l'auteur de *Manon* lui apporta, le premier jour de la première répétition, sa partition toute *gravée !* « Elle est donc en bronze ? » s'écria

Carvalho en la prenant en main... Il est vrai que, quelques années plus tard, à propos des grosses recettes que faisait l'ouvrage, il ajouta en souriant : « Elle était en bronze... et maintenant, elle est en or ! »

Mais revenons à cette modification dernière à laquelle nous faisions allusion tout à l'heure, et laissons ici la parole à Carvalho lui-même :

« La salle nouvelle, écrivait-il, construite par la Ville de Paris pour remplacer la salle démolie, était loin de répondre aux besoins de mon exploitation. La scène manquait de profondeur, de dégagements. On n'y trouvait pas les facilités de manœuvres qu'offrait l'ancien Théâtre-Historique construit par Alexandre Dumas pour ses larges conceptions dramatiques.

» Il fallut renoncer à y installer le décor de la place publique, ouvrage remarquable de peinture et de machinerie qui se transformait sans effort en une cathédrale, grandissant à vue d'œil, déployant ses arceaux, s'élevant, s'élargissant et finissant par se resserrer pour se replier sur elle-même. Tout était à refaire pour loger au théâtre nouveau les décors de l'ancien théâtre. Cependant, dans le projet primitif de reconstruction, le Théâtre-Lyrique devait se prolonger jusqu'au lot de maisons qu'occupent actuellement MM. Allez.

» Pour quelle raison ce projet a-t-il été modifié ?

» On racontait alors qu'un vieillard malade, qu'on promenait dans une petite voiture, sur l'autre rive de la Seine, le long du quai aux Fleurs, aurait demandé au baron Haussmann de ne pas le priver du plaisir, auquel il s'était habitué, de contempler chaque jour — de deux heures à trois — la tour Saint-Jacques; et que le préfet de la Seine, touché de la demande de cet invalide, aurait décidé de faire une trouée entre le Théâtre-Lyrique et la maison Allez.

» C'est cette trouée qui est devenue la rue Adam, singulière rue qui n'a pas un seul numéro !

» Les modifications à apporter au décor de la cathédrale entraînèrent aussi quelques changements dans sa mise en scène.

» Quelqu'un s'était avisé de découvrir qu'il était inadmissible de montrer

Mⁱˡᵉ FAIVRE
dans le rôle de Siebel (1859)

Méphistophélès, même à l'entrée de l'église, chantant la terrible apostrophe, éveillant dans l'âme de la pécheresse les remords qui la brisent. Il fallait un autre organe, disait-on.

» On ajouta un personnage épisodique qui fut confié au baryton Petit. Dans une draperie couleur muraille, il représentait le remords tourmentant l'âme de Marguerite !

» Cette nouvelle version, trouvée détestable, ne fut heureusement pas conservée. On rendit à Méphisto la scène de la cathédrale, pour laquelle je fis construire en toute hâte un porche à peu près pareil à celui de l'ancien décor. »

A partir du 16 décembre 1862, date de la reprise de l'œuvre au Théâtre du Châtelet, l'histoire de *Faust* peut se résumer dans le tableau, qui n'a pas encore été donné et que voici, de ses représentations et de ses recettes :

1862	—	7	représentations :	110.150 fr. 50 c. de recettes.
1863	—	53	—	323.853 »	—
1864	—	68	—	289.510 50	—
1865	—	7	—	25.732 95	—
1866	—	51	—	206.580 40	—
1867	—	55	—	186.649 »	—
1868	—	7	—	11.718 50	—

plus une représentation gratuite en 1867 et huit représentations, dont nous n'avons pas le décompte, à la Salle Ventadour, lorsque Carvalho eut l'idée d'y installer une partie de sa troupe. On se souvient que le petit nombre des représentations de l'année 1865 est dû à l'éclatant succès de *la Flûte enchantée*. En réalité, les recettes ne baissèrent sensiblement qu'en 1868. Mais il faut dire que les décors et la mise en scène n'avaient plus leur fraîcheur primitive et que l'interprétation était parfois médiocre et puisque nous avons déjà touché quelques mots de cette question de l'interprétation à propos des représentations du Théâtre-Lyrique de Carvalho, nous croyons devoir donner le tableau, aussi exact et complet que possible, des interprètes des cinq rôles principaux de *Faust*, à Paris, depuis la création de l'œuvre en 1859, jusqu'à la date à laquelle nous effectuons cette revision.

Scène du jardin.

(FAURE, LA PATTI, MARIO)

*
**

I. — Théâtre-Lyrique.

1859	Marguerite	Faust	Méphisto	Valentin	Siebel
19 mars	Mmes Carvalho.	MM. Barbot.	MM. Balanqué	MM. Raynal	Mmes Faivre
10 sept.		Guardi			
13 nov.		Michot			
1862					
16 déc.		Monjauze			
1864					
5 janv.		Morini	Petit	Lutz	
5 mai		Cœuilte			
1866					
15 août					Daram.
11 sept.			Cazaux.		Cornélis.
25 —		Jaulain			
1er nov.				Ismaël.	
1867					
3 fév.				Barré	
28 juin	Vandenheuvel-Duprez		Troy.		Ducasse.
7 août			Giraudet.		
14 —	Schroeder				
27 oct.	Sallard.	Puget.			
14 déc.					Dardenne

*
**

II. — Théâtre de la Renaissance.

1868	Marguerite	Faust	Méphisto	Valentin	Siebel
18 mars		Massy.			
20 —					Guillemin.

*
**

III. — Opéra.

1869	Marguerite	Faust	Méphisto	Valentin	Siebel
3 mars	Nilsson	Colin.	Faure	Devoyod	Mauduit.
28 avril	Carvalho.				
18 juin			Castelmary.		
15 oct.	Hisson.				
28 nov.		Bosquin.			
29 déc.	Marie Roze.				

1871	*Marguerite*	*Faust*	*Méphisto*	*Valentin*	*Siebel*
26 juill.			Bouhy	Caron	
22 sept.	Berthe Thibaut				Arnaud
3 nov.	Fidès Devriès		Gailhard		
1872					
11 janv.					Fursch-Madier
16 —				Roudil	
11 nov.		Prunet			
1873					
1er sept.	Maria Derivis				
1874					
2 fév.		L. Achard			
8 mai	J. Fouquet				
18 oct.	Patti				
30 nov.		Vergnet		Manoury	
4 déc.	Fursch-Madier				
1875					
4 juill.					Daram
12 nov.	de Reszké				
11 déc.			Bataille		
1877					
18 juill.	Daram				
1878					
5 janv.					Lina Bell
6 mai				Couturier	
7 juin					Blum
3 août			Berardi		
16 sept.					Mendès
1879					
24 mai			Lorrain		
4 juin				Auguez	
29 août		Bertin			
3 nov.	Heilbron				
22 —					Janvier
5 déc.		Dereims			
1880					
13 mars	Vachot				
31 mai					Soubre
30 juin			Maurel		
6 août		Laurent			
8 déc.	Baldi				
1881					
10 janv.		Jourdain			

1881	Marguerite	Faust	Méphisto	Valentin	Siebel
7 mars				Melchissédech	
19 août	Griswold				Mirane.
2 nov.					
1882					
13 janv.	Krauss				
21 juill.	Nordica				
1883					
23 fév.					Ploux
28 mai	Lureau				
23 juin			Plançon		
19 oct.	Isaac				
1884					
25 fév.		Sellier			
15 juill.			Dubulle		
30 —					Thuringer
17 oct.					Hervey.
1885					
21 janv.					Figuet.
13 avril			Ed. de Reszké		
18 —		Caylus			
1886					
27 fév.	Bosman				
22 mars		Muratet			
7 juin				Berardi	
27 août	Caron			Martapoura.	
1887					
6 fév.					Sarolta.
11 avril			Delmas		
7 sept.	Leisinger				
4 nov.		J. de Reszké.			
1888					
15 oct.		Jérôme.			
2 nov.					Agussol
14 déc.	Darclée				Dartoy.
1889					
3 mars				Clayes	
14 août	Eames	Cossira.			
1890					
29 mars	Melba				
18 août					Lécuyer
29 oct.		Vaguet.			
1891					
20 juill.				Douaillier	Falize
11 déc.	Loventz				

1892	Marguerite	Faust	Méphisto	Valentin	Siebel
1er janv.				Renaud	
20 fév.				Grimaud	
9 mars		Engel			
14 —	Marcy	Alvarez			
24 juin	Carrère				
15 août			Isnardon		
10 oct.			Fournets		
30 —				Castel	
1893					
13 déc.				Bartet	
1894					
12 janv.		Dupeyron			
6 juill.	Berthet				
15 sept.				Noté	
1895					
28 janv.					Beauvais
1896					
25 avril		Ansaldy			
15 juill.		Affre			
26 août			Chambon		
1897					
15 juill.		Duffaut			
8 oct.	Ackté				
20 —				Sizes	
1898					
7 fév.		Saléza			
1899					
11 janv.		Laffitte			
1900					
9 mars	Charles				
24 —					Nimidoff
1901					
30 janv.			A. Gresse		
1er mai		Rousselière			
7 août					Mendès
18 nov.	Dereims				
1902					
4 août					Arald
6 sept.		Dubois			
1903					
14 fév.				Gilly	
13 avril			Baer	Triadou	

1903	*Marguerite*	*Faust*	*Méphisto*	*Valentin*	*Siebel*
31 août		Scaramberg			
14 oct.	Demougeot				
1904					
15 juill.	Lindsay				
20 nov.					Laute
1905					
18 mai	Farrar				
27 —					d'Elty
1906					
20 janv.	Vix				
2 fév.		Muratore			
12 mai	Dubel				
1907					
3 juin	Chenal				
6 sept.				Duclos	
27 —	Laute-Brun				
1ᵉʳ nov.	Hatto				
1908					
25 janv.				Dangès	Mastio
27 —					Martyl
5 fév.	Kousnietzoff				
6 mars	Gall				Courbières
21 —		Gautier			
3 avril				Nucelly	
15 —	Henriquez				
13 juin	Garden				
21 août	Brozia	Riddez			
9 sept.		Altchewsky			
23 —			Marcoux		
1909					
19 mars			Journet		
15 juill.				Teissié	
6 août		Franz			
27 —					Mancini
8 sept.		Godard			
1910					
24 janv.	Visconti				
16 mai	Kaiser				
3 août		Campagnola			
26 —	Campredon				
14 nov.	Alexandrowicz				
9 déc.			Cerdan		
24 —	Mendès				

1911	*Marguerite*	*Faust*	*Méphisto*	*Valentin*	*Siebel*
27 janv.	. . . .	Chah-Mouradian .	. . . .	. . . .	. . . . .
5 juin	. . . .	Lassalle . . .	Marvini . .	. . . .	. . . .
15 juill.	. . . .	. . . .	. . . .	V. Beck . . .	. . . . . .
2 août	Delisle	. . . .	. . . .	. . . .	. . . . .
9 oct.	. . . .	. . . .	. . . .	Carrie.	. . . . .
16 déc.	Hemmler . .	Fontaine. . .	. . . .	. . . .	. . . . .

Reproduction du titre de la troisième édition de *Faust*.

IV

FAUST à l'Opéra.

Sı la liste que nous venons de donner des interprètes de *Faust* est exacte, et si nous comptons bien, nous avons mentionné ainsi, entre 1859 et 1912, c'est-à-dire en cinquante années de représentations à Paris, 56 *Marguerite*, 46 *Faust*, 26 *Méphistophélès*, 29 *Valentin* et 35 *Siebel*.

Pour ces divers rôles, nous n'avons caractérisé, lorsque l'œuvre de Gounod faisait partie du répertoire du Théâtre-Lyrique, que quelques artistes à peine, depuis longtemps disparus et que bien peu d'amateurs actuels ont pu entendre. Encore eût-il fallu y joindre Balanqué, le premier Méphistophélès, et Mlle Faivre, depuis Mme Réty, le premier Siebel, dont nous avons du moins donné les portraits.

Nous serons tout aussi laconiques en ce qui concerne les interprètes de l'Opéra. Un très grand nombre existent encore et notre génération a pu les juger par elle-même. Saluons pourtant en passant les deux plus illustres, les créateurs, sur cette scène de la rue Le Peletier, des personnages de Méphistophélès et de Marguerite : Faure, dont la voix était peut-être un peu trop élevée pour le rôle, mais qui s'y montrait absolument supérieur, qui y avait imprimé sa marque personnelle, l'ironie d' « un vrai gentilhomme », et le jouait, notamment la scène du jardin, comme peut-être aucun autre ne l'a joué, et Mme Christine Nilsson, dont le timbre si cristallin, si net dans les notes hautes, donnait tout leur relief aux tableaux de l'église et de la prison, sans toutefois faire oublier Mme Carvalho, qui, du reste, reprit son rôle peu de temps après. Mais combien d'autres, originaux selon leur tempérament, et vraiment inoubliables, ne conviendrait-il pas de signaler depuis ? Quel souvenir n'ont pas laissé par exemple Jean de Reszké et Mme Melba dans le duo du jardin, harmonieux comme il fut rarement, Mme Krauss si dramatique dans l'église et au dénouement, Mme Rose Caron si impressionnante avec Renaud dans la scène de la mort de Valentin, Gailhard, Maurel, Delmas, trois Méphistophélès si personnels et si différents, Saléza, Muratore, Faust vibrants entre tous, Mme Kousnietzoff, au timbre de voix si frais et si pur.

Mais encore un coup, nous ne voulons pas insister. D'abord, nous donnons ici des documents. Nous ne faisons pas de critique. Et puis, il est un phénomène très curieux à observer dans le succès si continu, si persistant, si régulièrement lucratif de *Faust* : c'est, au contraire de tant d'autres ouvrages, l'indifférence presque absolue de la *qualité* de l'interprétation sur les recettes.

Il y a du reste des exceptions à tout. Nous n'avons pas nommé la Patti tout à l'heure : lorsqu'elle incarna Marguerite au temps où l'Opéra était dans la Salle Ventadour, en 1874, elle fit encaisser (avec majoration du prix des places, bien entendu), le 18 octobre : 29.027 fr., et le 21 : 20.464 fr., sommes inouïes pour l'époque.

Et, ici, qu'on nous permette une parenthèse, qui ne nous éloignera pas de *Faust*. Lorsque nous notons certaines fortes recettes encaissées, dès sa première année, par l'œuvre de Gounod, telle celle de 5.237 fr. 50 (le 30 mars 1859), se doute-t-on que vers le même temps, à l'Opéra, dont la salle était infiniment plus vaste et le tarif des places bien autrement élevé, il n'était pas rare de trouver des recettes analogues ou même inférieures ? Encore dix ans plus tard, dans le plein succès de la direction Perrin, nous relevons des recettes telle que celle-ci, du 23 mai, avec *la Juive*, 4.180 fr. Or, les 70 premières représentations de *Faust*, en 1869, rapportèrent à l'Opéra la somme de 787.037 fr. 80 cent., soit une moyenne de 11.243 fr. 40 cent. par représentation ! Et *Faust* avait alors contre lui tout le répertoire de Meyerbeer, toujours en grande faveur (*l'Africaine* était toute récente encore), *Guillaume Tell*, que l'on venait de remonter avec éclat, *Don Juan*, que Faure incarnait de façon incomparable, *Hamlet* enfin, en pleine nouveauté, où, à côté de cet admirable Hamlet, Christine Nilsson était l'Ophélie rêvée.

Les critiques, les dilettantes, les partisans les plus chauds de l'œuvre avaient-ils escompté une aussi éclatante réussite ? Rien de moins certain. Que l'on se reporte aux journaux du temps, que l'on fasse appel aux souvenirs des spectateurs encore aujourd'hui parmi nous : que voit-on ? Que l'on redoutait pour *Faust* « le cadre trop vaste de la salle Le Pelletier »; que l'œuvre de Gounod, même après sa reprise, était considérée comme un opéra de demi-caractère et non un grand opéra ; que l'on trouvait

même que le dialogue faisait défaut. Or il aurait suffi, pour se rendre compte
de l'inanité de pareilles craintes et du peu de justesse d'une telle apprécia-
tion, d'abord de se rappeler, ainsi que nous l'avons dit plus haut, que *Faust*
avait déjà été joué, presque partout, avec récitatifs; puis, ce qui est plus
significatif encore, et ce qui indique bien l'arrière-pensée de Gounod, sa
première plutôt, si l'on veut, de prendre garde à cette mention figurant sous
forme de *nota* au-dessous de la nomenclature des artistes, à la première page
de la première édition de la partition pour piano et chant dont nous
avons reproduit le curieux en-tête en l'opposant à celui de l'édition posté-
rieure « avec récitatifs » : « Cet ouvrage doit être exécuté dans les théâtres
des départements et de l'étranger par la troupe de *grand opéra*. Les récitatifs seront ajoutés par l'auteur à la partition grand orchestre, qui sera
vendue, ainsi que les parties d'orchestre, directement aux administrations
théâtrales, par l'éditeur propriétaire de *Faust* ».

Émile Perrin, qui était alors directeur de l'Opéra, avait, selon son habitude, quand il montait ou remontait un ouvrage, apporté les plus grands
soins à la préparation, à la mise en scène de *Faust*. Voici, à ce propos
quelques détails précis qui, croyons-nous, n'ont pas été donnés ailleurs :

Relevé des répétitions de FAUST

1. Ensemble pour les rôles	13
2. Mise en scène pour les rôles	15
3. Ensemble pour les chœurs.	18
4. Mise en scène pour les chœurs	2
5. Artistes des chœurs.	6
6. Lecture à l'orchestre	2
7. Répétitions générales (dont deux d'un bout à l'autre).	4
8. Réglage des décors	7
	67

Les frais de mise en scène s'élevèrent à 118.091 fr. 66, chiffre
considérable et qui dépassait de 18.000 francs celui de la mise en scène
d'*Hamlet*. Il est vrai que ces chiffres devaient s'élever sensiblement par la
suite, et surtout, chose curieuse, sous la direction d'Halanzier, que l'on
a pourtant taxé de parcimonie. C'est ainsi que *Jeanne d'Arc* coûta
181.414 fr. 42, *Polyeucte*, 268.647 fr. 13, *le Roi de Lahore*, 275.053 fr. 22...
et M. Massenet était alors un jeune, qui faisait ses débuts, avec cette œuvre,
sur notre première scène et n'avait encore donné ni *Hérodiade*, ni *Manon !*

Ces chiffres nous paraissent même tellement extraordinaires que nous hésiterions à les donner s'ils n'étaient inscrits au rapport inséré dans le *Journal officiel* du 21 janvier 1888.

Mais revenons à *Faust* pour ne plus le quitter. Aussi bien, comme les peuples heureux, l'œuvre de Gounod n'a dorénavant plus d'histoire, car cette histoire se résume en un succès continu, assuré, inébranlable, et, ce qui est plus rare encore, presque croissant avec les années. En vain se découvrent des horizons nouveaux, en vain les concurrences les plus transcendantes s'élèvent, en vain, chose plus grave, des remaniements veulent être essayés, d'une utilité contestable, dans la mise en scène de l'œuvre même et son exécution musicale, le public semble ne s'apercevoir de rien : sa faveur reste la même. En somme, *Faust* n'empêche pas les autres succès, mais il n'en souffre jamais. Tout au plus, cède-t-il la première place à la pièce nouvelle, à la reprise sensationnelle, si celle-ci est un *vrai* succès. Il faut des reprises pour toutes les autres pièces, fût-ce les plus connues ; il n'en faut jamais pour *Faust*, et, encore une fois, bien que ce soit justement la raison fréquente de sa médiocre interprétation, il n'en souffre jamais.

Examinons rapidement toute cette carrière de l'œuvre à l'Opéra. Laissons de côté les années 1870 et 1871 où le théâtre n'ouvrit normalement que pendant un certain nombre de mois ; que trouvons-nous comme total des représentations pour les dix années de 1872 à 1881 ? 237, soit une moyenne de 23 par an. Comptons de même pour les dix dernières, de 1902 à 1912 : nous trouvons le total de 275, soit une moyenne de 27.

Autre constatation curieuse : si nous faisons le relevé des œuvres le plus souvent jouées chaque année, du moins depuis l'ouverture du monument Garnier, nous trouvons que pendant les vingt premières années, de 1875 à 1894, *Faust* n'a occupé que trois fois la première place (encore l'une des trois fut-elle *ex æquo* avec *Robert le Diable*). Les opéras qui lui ont alors disputé cette priorité ne l'ont d'ailleurs obtenue qu'une fois : nous l'avons dit tout à l'heure, c'étaient des nouveautés ou des reprises sensationnelles.

Tels furent : *la Juive* (1875), *les Huguenots* (1876), *Robert le Diable* (1877), *l'Africaine* (1878), *le Freischütz* (1879), *Aïda* (1880), *le Tribut de Zamora* (1881), *Françoise de Rimini* (1882), *Henry VIII* (1883), *Sapho* (1884), *Sigurd* (1885), *le Cid* (1886), *Patrie* (1887), *Roméo et Juliette* (1889), *Ascanio* (1890), *Lohengrin* (1891), *Salammbô* (1892), *la Walkyrie* (1893). — Or, depuis 1895, c'est-à-dire au cours des 17 dernières années, *Faust* n'a pas emporté la palme moins de 14 fois. Seuls, *Tannhäuser*, en 1895, *Samson et Dalila*, en 1903, *Armide*, en 1905, et *Ariane*, en 1907, la lui ont disputée avec avantage.

Notons enfin que, durant ces mêmes 17 dernières années, *Faust* a réalisé neuf fois la recette la plus élevée. Ici, le maximum obtenu par

l'œuvre de Gounod a été dépassé successivement par *Tannhäuser* (1895
et 1896), *les Maîtres Chanteurs* (1897), *le Prophète* (1898), *les Huguenots*
(1900), *Siegfried* (1902), *Armide* (1905), *le Crépuscule des Dieux* (1908)
et *Salomé* (1910).

LA PATTI dans la scène du rouet.

Il y a dans tous ces relevés, dont le lecteur voudra bien excuser la
sécheresse, un fait sans doute unique dans l'histoire de la musique dramatique, et qui, en dehors des raisons évoquées au début, suffisait, croyons-nous,
à justifier l'étude que nous avons entreprise.

1er janvier 1912.

TABLE DES MATIÈRES

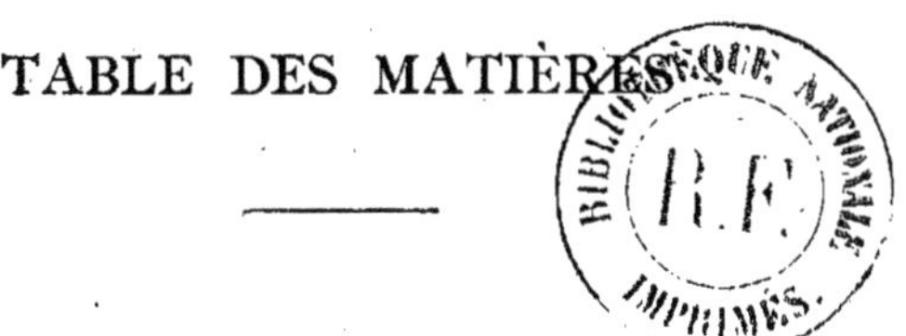

I. — *Faust* en 1859 et ses 57 premières recettes 7

II. — La version originale et inédite 21

III. — *Faust* au Théâtre-Lyrique du Châtelet et à la Renaissance. — Liste générale des interprètes. 51

IV. — *Faust* à l'Opéra. 65

LILLE, IMPRIMERIE LEFEBVRE-DUCROCQ.

www.ingramcontent.com/pod-product-compliance
Ingram Content Group UK Ltd.
Pitfield, Milton Keynes, MK11 3LW, UK
UKHW020003080726
13614UKWH00003B/1261